Sylvain Wagnon

100 jeux pour stimuler son enfant avec les pédagogies alternatives

3-6 ans

Ouvrage illustré par Adejie

Hatier parents

Direction : Rachel Duc
Responsable éditoriale : Caroline Terral
L'éditeur remercie Amédine Sèdes pour son aide précieuse
Direction artistique : Nadia Fernandes, Nicolas Vallet
Couverture, principe de mise en page et mise en page : Emmanuelle Noël
Dessins : Adejie
Fabrication : Cécile Labarthe

Sommaire

Introduction

L'objectif de cet ouvrage est de vous fournir, grâce aux pédagogies alternatives, des pistes pour accompagner votre enfant dans son développement cognitif, corporel et émotionnel. Mais en quoi les pédagogies alternatives peuvent aider à stimuler les apprentissages chez votre enfant ?

Une autre vision de l'éducation

Les pédagogies alternatives proposent une autre façon de concevoir l'éducation et d'enseigner, ainsi qu'une autre manière de comprendre les apprentissages et d'appréhender les liens entre adultes et enfants afin de penser une société plus fraternelle. Elles soulignent l'importance d'une vision positive et bienveillante à l'égard des enfants. Ainsi, faire confiance à son enfant est un préalable indispensable pour toutes les activités alternatives. Cette bienveillance est un moyen privilégié d'accompagner votre enfant dans ses choix et ses expériences grâce à un dialogue et des échanges permanents. Les pédagogies alternatives soulignent également les liens entre l'épanouissement de l'enfant et son autonomie. Se connaître, être en interaction avec son environnement et avec les autres sont autant d'apprentissages qui participent à la construction de l'enfant et à son développement harmonieux, le prenant en compte dans son intégralité. La vision d'une éducation en phase avec les besoins et les intérêts des enfants est donc bien l'ambition d'une émancipation de l'enfant et d'une ouverture vers le monde qui l'entoure.
Les activités proposées sont issues des pédagogies de Maria Montessori, Ovide Decroly, Rudolf Steiner, Célestin Freinet, Reggio, des *Forest schools* mais aussi de la pédagogie Sudbury des Écoles démocratiques, de Charlotte Mason, de Georges Cuisenaire et d'Arno Stern.

Les principes communs des pédagogies alternatives

Les principes communs de ces pédagogies alternatives visent à aider les enfants à être autonomes, créatifs et curieux. Grâce à des activités concrètes, des jeux et la volonté de faire manipuler les enfants, les pédagogies alternatives repensent l'idée même d'une transmission directe des connaissances de l'adulte à l'enfant. L'enfant est bien accompagné et aidé par les adultes, mais il se construit aussi en prenant de plus en plus confiance en lui, en ses capacités et grâce à une expérience croissante. Les pédagogies alternatives insistent sur l'importance de la motivation, de l'intérêt, du plaisir de faire et de comprendre. Elles ont donc plusieurs points communs :

- être à l'écoute de l'enfant, de son rythme, de ses besoins et de ses intérêts ;
- créer un intérêt et une motivation pour prendre plaisir à apprendre ;
- développer la curiosité et la créativité ;
- prendre en compte les différentes facettes de sa personnalité ;
- proposer des apprentissages cognitifs, corporels et émotionnels ;
- accroître l'autonomie, la connaissance de soi et des autres ;
- créer un climat propice à l'attention et à la concentration ;
- développer l'entraide, la coopération et l'échange et non la compétition individuelle ;
- souligner l'importance de l'expérimentation et de la découverte de son environnement.

Des pédagogies avec leurs propres spécificités

Chaque pédagogie alternative a ses caractéristiques et ses spécificités[1]. Ainsi, la pédagogie Montessori met l'accent sur l'autonomie de l'enfant. Grâce aux jeux, elle propose toute une série d'activités qui visent à aider l'enfant à faire lui-même, à expérimenter et à être autonome. « Aide-moi à faire par moi-même » devient alors un des principes fondateurs de cette pédagogie. De son côté, la pédagogie Freinet souligne l'importance de l'expérimentation, de la coopération et de l'entraide dans les activités. La pédagogie Decroly se développe autour de la prise en compte des centres d'intérêt des enfants et du refus de cloisonner les savoirs et les apprentissages. La pédagogie Steiner insiste sur la créativité et les liens entre le corps et l'esprit. Les *Forest schools*, quant à elles, tissent des interactions entre l'enfant et l'environnement végétal et animal. Les Écoles démocratiques, qui pratiquent la pédagogie Sudbury, mettent l'accent sur la liberté de l'enfant dans les apprentissages mais aussi sur l'importance des conseils pour gérer les conflits entre enfants. La pédagogie Reggio, tout en s'inspirant de la pédagogie Montessori, met l'accent sur les outils de communication, le langage et l'éveil sensoriel. La pédagogie de Charlotte Mason développe la construction de la personnalité de l'enfant et de ses émotions. Georges Cuisenaire, influencé par Ovide Decroly, s'intéresse aux liens entre l'enfant et son environnement mais également à l'élaboration d'activités ludiques associant les couleurs, les formes et

1. Sylvain Wagnon, *Les pédagogies alternatives, mieux les comprendre pour en tirer le meilleur*, Hatier, 2020.

les apprentissages mathématiques. Enfin, Arno Stern élabore des pratiques permettant, par l'expression picturale, un éveil sensoriel et corporel des enfants.

Cette multitude de pédagogies alternatives marque la volonté commune d'aider les enfants à être eux-mêmes, à se développer harmonieusement en prenant en compte leur rythme, leurs envies et leurs besoins.

Ainsi, pour chaque activité présentée ici, nous préciserons ses liens avec les différentes pédagogies alternatives. Il ne s'agit pas d'une transposition littérale des pratiques scolaires mais plutôt de s'inspirer des principes et des pratiques de ces pédagogies pour que votre enfant puisse apprendre de manière confiante à mieux se connaître et à se développer harmonieusement. L'ambition de cet ouvrage est aussi de vous permettre de vivre des expériences inédites avec lui. Grâce aux pédagogies alternatives, votre enfant va multiplier les moments de rêverie, d'imagination, de créativité, de réflexion et d'expérimentation qui, vécus seul ou à plusieurs, l'aideront à bien grandir.

Un développement harmonieux et une meilleure connaissance de soi

Créatif et curieux, votre enfant a dès sa naissance soif de découvrir le monde qui l'entoure. Il observe, expérimente, explore, et cela fait partie intégrante de son développement. L'enfant est un être profondément singulier mais aussi social. Il cherche à être en contact avec lui-même, avec les autres et avec tout son environnement.

La force des pédagogies alternatives, c'est donc bien de prendre en compte l'enfant comme il est, avec ses envies et ses intérêts. Stimuler le développement de son enfant, c'est l'aider à se construire à son rythme, selon ses envies, et de progressivement permettre aux différents aspects de sa personnalité de s'affirmer.

Ainsi, participer au développement de son enfant, c'est :

- lui faire confiance ;
- l'accompagner dans ses initiatives ;
- respecter son rythme ;
- être toujours bienveillant.

Les pédagogies alternatives mettent en lumière l'importance d'un épanouissement personnel de l'enfant, de la connaissance de soi par un éveil des sens mais aussi par un éveil à l'environnement humain, végétal et animal. Les activités de cet ouvrage sont donc respectueuses de l'âge de votre enfant et privilégient des apprentissages concrets, manuels et ludiques. Elles ont pour but de renforcer sa connaissance de soi et des autres, de développer son estime de soi, de faciliter l'expression de ses émotions et de sa réflexion tout en contribuant au développement de son attention.

En s'inspirant des principes et des pratiques des différentes pédagogies alternatives, les 100 activités proposées sont réparties en 7 chapitres qui définissent des compétences et des apprentissages favorisant le développement de votre enfant. Une courte introduction au début de chaque chapitre précisera les différentes thématiques :

- le développement de la créativité ;
- l'essor de l'autonomie ;
- la coopération et l'entraide ;
- l'éveil sensoriel ;
- les interactions avec la nature ;
- les apprentissages concrets ;
- la connaissance de soi.

La plupart des activités de cet ouvrage ne demandent aucun matériel spécifique et sont en lien direct avec votre vie quotidienne. Elles ne sont pas cloisonnées mais articulées entre elles. Partir du concret, observer, expérimenter, jouer et s'exprimer sont autant de moments de joie et d'apprentissages.

Votre enfant est unique et singulier. Sa personnalité et son caractère se construisent à travers une exploration de soi et des autres. Grâce à votre accompagnement bienveillant et confiant, les 100 activités concrètes et ludiques de cet ouvrage vous permettront de vivre et de faire vivre à votre enfant des expériences et des moments de plaisir, de joie, d'action et de réflexion. Que cet ouvrage vous permette de vivre de riches expériences avec votre enfant en l'accompagnant sereinement dans ses découvertes et ses apprentissages.

Le développement de la créativité

Les enfants ont une créativité sans limite. Les accompagner dans les activités de création est source d'émotion et de joie pour tous les parents. Toutes les pédagogies alternatives soulignent l'importance de laisser s'épanouir la créativité de l'enfant par des activités où il est acteur de ses apprentissages. Chaque activité de ce chapitre, issue d'une pédagogie alternative, met en avant une proposition en ce sens : c'est en créant et en expérimentant en toute confiance qu'un enfant exerce son imagination et son originalité. Manipuler, jouer, écrire, dessiner, s'interroger et s'exprimer sont autant d'incitations à être soi, à mieux se connaître en créant et en prenant conscience que la créativité est un besoin humain. La curiosité, bien loin d'être un vilain défaut, est une qualité indispensable pour se construire et développer sa créativité. Les activités de ce chapitre sont donc des propositions pour, de façon libre, accompagner les intérêts et les envies de votre enfant. Les activités artistiques s'entrecroisent avec d'autres activités plus manuelles ou sollicitent l'imagination. La créativité s'enrichit constamment par l'expérience et témoigne de l'épanouissement cognitif, corporel et émotionnel de votre enfant.

1 Pédagogie Reggio

L'autoportrait au miroir

dès 5 ans

L'autoportrait au miroir est une activité présente dans la pédagogie Reggio. Soucieuse d'utiliser la lumière, le regard sur soi et les autres, cette pédagogie privilégie le travail sur soi et la soif de se connaître qui sont les bases de toute autonomie.

Matériel

- Du papier
- Un crayon à papier
- Un miroir

Acquisitions

- Créativité, plaisir de dessiner
- Expression des émotions et développement de la connaissance de soi
- Sensibilisation aux règles de la proportion
- Notions de géométrie (symétrie, perspective)

Déroulement de l'activité

- Tendez un miroir à votre enfant et, dans un premier temps, laissez-lui le temps de s'observer. Il sera peut-être décontenancé, amusé, fera des grimaces… Ce préalable est nécessaire avant davantage de concentration.
- Aidez-le à verbaliser ce qu'il voit : « *Si tu devais décrire la couleur de tes yeux, que dirais-tu ? Et ton front, est-il plutôt grand, plutôt petit ? Passons à présent au nez, dirais-tu qu'il est pointu ou plutôt rond ?* » Soyez précis dans le vocabulaire utilisé, vous l'aiderez ainsi à consolider son vocabulaire descriptif.
- Placez ensuite une feuille de papier sur la table et disposez le miroir à la verticale. Tendez un crayon à papier à votre enfant et proposez-lui de se dessiner tel qu'il se voit dans le miroir.
- Si le premier dessin est peu représentatif, ce n'est pas grave, il s'affinera avec une observation plus précise. Petit à petit votre enfant peut confirmer ou infirmer un trait puis, avec votre aide, réfléchir aux proportions.
- À la fin de l'exercice, félicitez-le. Proposez-lui d'afficher son dessin dans sa chambre ou de l'offrir à un membre de sa famille. Vous valorisez ainsi le temps et les efforts qu'il a mis dans cette activité.

Les conseils

- L'autoportrait au miroir est un exercice difficile. Techniquement, représenter la réalité par un dessin requiert de l'habileté. Humainement, poser un regard sur soi n'est jamais aisé. Soyez bienveillant, dialoguez avec votre enfant. Saisissez cette activité pour lui donner confiance en lui.
- Vous pouvez prolonger le dessin par une mise en couleur (aquarelle, crayons de couleurs). Le choix des couleurs révèle aussi une certaine vision de soi.

2 Pédagogie Steiner

L'art des taches d'encre

dès 5 ans

Dans l'esprit de la pédagogie Steiner la klecksographie, ou art des taches, amène à mieux comprendre l'esprit humain. Cette activité va vous permettre d'échanger avec votre enfant autour de formes créées par le hasard. L'imagination fertile de votre enfant va pouvoir se développer par l'observation des taches d'encre et des significations qu'il leur attribuera.

Matériel

- Une feuille de papier format A4
- De l'encre ou du brou de noix
- Un pinceau fin

Acquisitions

- Créativité
- Imagination
- Autonomie
- Concentration

Déroulement de l'activité

- Présentez le matériel à votre enfant. Expliquez-lui qu'aujourd'hui il va expérimenter une activité avec de l'encre (ou du brou de noix), que c'est très liquide et que ça tache.
- Demandez ensuite à votre enfant de déposer sur le papier quelques gouttes d'encre ou de brou de noix avec l'aide du pinceau.
- Dites-lui de plier la feuille en deux en appuyant bien, cela initiera votre enfant à la symétrie axiale.
- Il peut alors ouvrir la feuille et prendre le temps d'observer les formes qui sont apparues.
- Aidez votre enfant à décrire ce qu'il voit en lui posant une série de questions : « *Quelles formes vois-tu ? Te rappellent-elles quelque chose de connu, comme un animal ou un personnage ?* »
- Si votre enfant est à court d'inspiration, donnez-lui quelques idées : « *Moi cela me fait penser à une fleur, un papillon (...) et toi ?* » Il peut s'agir d'une chose existante ou totalement inventée : une créature étrange, fantastique, un objet du futur… Dans un cas comme dans l'autre, suivez-le dans son imaginaire.
- Une fois que votre enfant s'est exprimé sur ces formes, proposez-lui alors de poursuivre le dessin avec le pinceau et de créer des silhouettes animales, végétales ou de personnages, toujours selon son inspiration.
- Une fois le dessin fini, faites-le sécher à plat. Proposez-lui de lui trouver un titre et, pourquoi pas, de l'encadrer et de l'offrir à la personne de son choix.

Les conseils

- Pensez à protéger ses vêtements et votre table.
- L'observation, la description et l'interprétation des taches d'encre obtenues stimulent l'imaginaire de votre enfant. À lui de créer ses propres personnages à partir de ces taches.

3 Pédagogie Decroly

Le jeu du cadrage

dès 4 ans

L'objectif de cette activité est d'observer un espace donné avec des points de vue différents. L'observation est au centre de la pédagogie Decroly. C'est la première étape de toute analyse : elle assure une prise de contact directe et motivante avec la réalité. Cette géovision à travers un cadre vide permet de prendre conscience de l'importance de l'angle de vue et de la perception d'un espace. C'est aussi une initiation concrète à la géographie et à l'analyse d'un paysage.

Matériel

- Un cadre vide

Acquisitions

- Observation
- Esprit critique
- Acuité du regard

Déroulement de l'activité

- Choisissez un cadre vide, de la taille de votre choix mais pas trop large pour que votre enfant puisse le prendre avec ses deux mains.
- Présentez-lui l'objet : « *C'est un cadre, habituellement on y place une photo, une peinture...* »
- Demandez-lui de regarder à travers le cadre tout en précisant la notion d'intérieur, d'extérieur, et de limite du cadre. Vous pouvez lui proposer de regarder en direction du jardin, à travers une fenêtre ou bien dans sa chambre.
- Posez-lui une série de questions : « *Que vois-tu à l'intérieur du cadre ? Aperçois-tu des détails que tu n'avais pas remarqués auparavant ? Avais-tu vu ce petit trou dans le mur ?* »
- Aidez-le à toujours décrire ce qu'il voit avec les mots justes et n'hésitez pas pour cela à reformuler ses paroles.

- Reprenez ensuite le cadre, déplacez-vous et demandez-lui de regarder à nouveau le même endroit : « Que vois-tu ? Est-ce différent ? Que ressens-tu ? » Vous pouvez refaire cette activité en déplaçant le cadre devant un autre point de vue.
- Proposez à votre enfant de zoomer et dézoomer en lui montrant les différences de points de vue selon que le cadrage est de plus en plus large ou étroit : « Que se passe-t-il si tu avances ? Si tu recules ? »
- Le cadrage influence la perception visuelle. Dialoguez avec votre enfant sur la manière dont le cadrage modifie ce qu'il voit, ressent et interprète. Par exemple, dites-lui : « Pour un paysage, je peux voir un détail, un champ, une vache, un tracteur puis de façon plus large une route, un village, une ville au loin… »
- L'activité est terminée lorsque votre enfant, après plusieurs essais, a bien compris l'idée qu'un cadre peut à la fois limiter la perception de l'environnement et permettre d'aiguiser son regard sur des détails.

Les conseils

- Vous avez montré à votre enfant, par l'expérimentation, que le choix d'un cadrage et d'un angle de vue peuvent modifier la perception de la réalité. Ainsi, il ne doit pas toujours croire ce qu'il voit dans un premier temps mais se poser la question de ce qui est autour, chercher à définir le contexte.
- De remarquables livres photo jeunesse reprennent l'idée de zoomer et dézoomer à partir d'un détail[2].

2. Tana Hoban, *Regarde bien*, Kaleidoscope, 2009 ; Estan Banyai, *Zoom*, Circonflexe, 1999.

4 Pédagogie Montessori

Le dessin-empreinte

dès 3 ans

La pédagogie Montessori valorise la créativité et propose un grand nombre d'activités pour stimuler l'imaginaire et l'inventivité de l'enfant. Cet atelier va vous permettre d'échanger avec votre enfant sur les représentations de formes d'objets et d'empreintes de toutes sortes pour mettre à contribution son imagination fertile.

Matériel

- Une feuille de papier à dessin format A3 ou raisin (65 x 50 cm) pour les plus jeunes
- Une assiette
- De la gouache
- Un pinceau
- Un verre d'eau
- Divers petits objets (briques de construction, petites voitures, couverts de dînette, branches, feuilles...)
- Un tablier

Acquisitions

- Créativité
- Concentration
- Sens de l'observation

Préparation de l'activité

- Disposez le matériel sur une table que vous aurez préalablement protégée.
- Mettez de la peinture dans l'assiette.
- Faites enfiler le tablier à votre enfant.

Déroulement de l'activité

- Expliquez à votre enfant qu'il va utiliser des objets pour faire des empreintes et des traces à la peinture.
- Proposez-lui de choisir un objet puis de l'enduire de peinture de la couleur de son choix avec le pinceau.
- Dites-lui qu'en pressant ensuite l'objet sur le papier, il obtiendra son empreinte. Laissez votre enfant renouveler ce geste aussi souvent qu'il le désire : la répétition fait partie du plaisir !
- Invitez-le à tremper directement dans la peinture certains objets, comme les petites voitures, les feuilles ou les fourchettes de la dînette. Il va ainsi expérimenter les longues traces de couleur. Avec la fourchette, on trace des lignes parallèles, et quelle joie de faire rouler sa petite voiture sur le papier et d'observer la route qui apparaît !
- L'activité est terminée lorsque la feuille est remplie de traces et d'empreintes.

Les conseils

- L'activité peut être menée autour d'une thématique, par exemple celle des feuilles ramassées à l'automne.
- Avec les plus jeunes, on peut faire des empreintes de mains et de pieds.

5 Pédagogie Dalcroze

La rythmique

dès 4 ans

La rythmique est l'activité pivot de l'enseignement musical de Jaques-Emile Dalcroze. Reprise dans la pédagogie Steiner sous le nom d'eurythmie, son objectif est de développer la créativité en coordonnant le corps et la musique. Cet art du mouvement laisse une part importante à l'improvisation et au désir de votre enfant de danser en écoutant une musique.

Matériel

- Une musique choisie
- Un support pour diffuser de la musique
- Une tenue souple et pratique pour votre enfant
- De la place pour danser sans être gêné

Acquisitions

- Créativité
- Concentration
- Confiance en soi
- Langage corporel et musical

Préparation de l'activité

- Choisissez une musique qui vous paraît porteuse et entraînante.
- Écoutez-la pour en repérer les temps forts, le rythme, les instruments, les éléments remarquables.

Déroulement de l'activité

- Présentez l'activité à votre enfant : « *Aujourd'hui, nous allons écouter une musique que j'ai choisie pour toi. Ensuite, tu pourras danser dessus.* »
- Écoutez ensemble la musique. Profitez-en pour lui apprendre à écouter réellement en prenant conscience des rythmes.
- Par exemple, demandez-lui : « *As-tu entendu des percussions ? Lesquelles ? Reconnais-tu l'instrument qui joue ?* » Les rythmes binaires de la plupart des musiques sont des bons moyens d'utiliser ses mains pour battre la mesure.
- Votre enfant aime naturellement bouger en écoutant des chansons et de la musique. Proposez-lui de rythmer la musique avec son corps, de danser, d'improviser des mouvements. S'il ne le souhaite pas, il peut commencer par rester assis et bouger ses jambes ou ses mains.
- Après plusieurs écoutes, demandez-lui s'il ne veut pas créer une rythmique en trouvant des éléments de chorégraphie.

Le conseil

- Cette rythmique peut se pratiquer à plusieurs : les enfants se voient et jouent à créer des mouvements en miroir ou en se répondant.

6 Pédagogie Freinet

Créer un abécédaire

dès 5 ans

Cette activité consiste à associer chaque lettre de l'alphabet à un mot. La pédagogie Freinet attache une grande importance à la connaissance et l'usage des lettres et au choix des mots. Toutes les activités d'imprimerie ou de correspondance de la pédagogie Freinet sollicitent cette connaissance fine des mots ainsi que de la créativité. Créer un abécédaire va aider votre enfant à développer son vocabulaire mais aussi à classer les mots par ordre alphabétique.

Matériel

- Un carnet de taille moyenne de 26 pages
- Des crayons et des feutres

Acquisitions

- Connaissance des lettres
- Apprentissage de l'ordre alphabétique
- Approche de la lecture par les mots
- Créativité par le dessin

Déroulement de l'activité

- À 5 ans, votre enfant connaît certainement déjà la plupart des lettres de l'alphabet. Avant d'engager l'activité, prenez le temps de redire l'alphabet avec lui.
- Dites-lui ensuite : « *Aujourd'hui, nous allons jouer avec les lettres et créer un abécédaire.* »
- Expliquez-lui qu'un abécédaire est un support qui illustre chaque lettre en suivant l'ordre alphabétique. Dans le carnet, chaque page sera consacrée à une lettre et les lettres seront rangées selon l'ordre alphabétique.
- Pour commencer, choisissez l'initiale de son prénom, ou celle d'un animal qu'il affectionne particulièrement, comme le C de chat, de chien ou le D de dauphin.
- Demandez à votre enfant d'écrire, en haut à gauche de la page, la lettre en question. Attention à respecter l'ordre alphabétique. Par exemple, il écrira la lettre D en haut à gauche de la quatrième page du carnet ou la lettre E à la cinquième page du carnet.
- Il peut maintenant laisser sa créativité s'exprimer. L'objectif est que votre enfant illustre la lettre de la façon qu'il désire. Suggérez-lui de trouver et de dessiner des objets ou des animaux qui commencent par la même lettre.
- Il peut aussi découper des lettres dans des journaux. Dessin, collage, peinture, tout est autorisé tant que cela reste en lien avec la lettre écrite sur la page.
- Vous ne terminerez bien entendu pas l'abécédaire en une seule fois, mais faire cette activité régulièrement permettra de compléter le carnet.

Les conseils

- L'abécédaire utilise l'alphabet avec les lettres seules mais vous pouvez aussi jouer avec des mots entiers.
- Un abécédaire peut aussi être thématique avec par exemple des illustrations centrées sur la nature, les végétaux ou les animaux.

7 Pédagogie Decroly

Au-delà d'un paysage

dès 4 ans

Si l'observation est une base de la pédagogie Decroly, cette activité se retrouve aussi dans les Écoles démocratiques qui accordent de l'importance à laisser aux enfants la liberté d'imaginer et de penser. Un paysage, quel qu'il soit, offre l'opportunité d'observer la réalité mais aussi d'imaginer ce que l'on pourrait changer et repenser.

Matériel

- Une photographie ou une carte postale représentant un paysage
- Des crayons de couleurs
- Un crayon à papier
- Une feuille format A3

Acquisitions

- Observation
- Créativité
- Imagination

Préparation de l'activité

- Collez la photographie choisie au centre de la feuille.

★ Déroulement de l'activité

- Demandez à votre enfant de bien observer la photographie. Décrivez-la ensemble : « Que vois-tu ? D'après toi, où a été prise cette photo ? Est-ce un paysage que tu connais ? Y a-t-il des habitations ? Des animaux ? De l'eau ? Une forêt ? »
- Ensuite, proposez-lui de dessiner autour de la photographie pour compléter le paysage sur tout l'espace de la feuille.
- Selon son inspiration, votre enfant peut rester très fidèle à la réalité ou imaginer un monde complètement nouveau et inventé.

Le conseil

- Pour modifier un peu l'activité, choisissez une photographie représentant un visage. Découpez alors la moitié gauche du portrait et demandez à votre enfant de le compléter en dessinant l'autre partie du visage, en symétrie.

8 Pédagogie Reggio

Le modelage multisensoriel

dès 3 ans

L'initiation au modelage est une activité que la plupart des enfants adorent. Ils peuvent manipuler, malaxer et pétrir pour créer et construire des personnages ou des objets. Avec de l'argile, de la pâte à sel ou de la terre, le modelage permet à votre enfant de devenir un artiste à part entière. Toutes les pédagogies alternatives soulignent l'importance de laisser l'enfant créer librement mais la pédagogie Reggio, en développant les pâtes à modeler multisensorielles, donne à cette activité une dimension créative et sensorielle.

Matériel

- 5 bâtons de pâte à modeler ou d'argile
- Un rouleau à pâtisserie
- Un stylet en bois
- Du gros sel
- Du sable
- Du savon
- De l'arôme de vanille ou de fruits
- Un peu d'eau

Acquisitions

- Créativité
- Manipulation
- Motricité fine
- Stimulation des sens
- Autonomie
- Sens tactile

★ Déroulement de l'activité

- Donnez à votre enfant un lot avec 5 bâtons de pâte à modeler. Dans un premier temps, laissez-le créer librement des formes, vous serez surpris de sa motivation et de sa concentration. Cette activité universelle permettra à votre enfant d'exercer sa motricité fine en manipulant avec ses doigts la pâte à modeler.
- Préparez avec votre enfant les 5 bâtons de pâte à modeler sensorielle : un bâton senteur avec l'arôme de vanille, un bâton moelleux avec le savon et l'eau, un bâton rugueux avec le sable et un bâton à modeler « croustillant » avec le gros sel. Faites attention à bien préciser à votre enfant que cette pâte à modeler n'est pas comestible malgré son aspect ou son odeur !
- Avec le rouleau à pâtisserie votre enfant pourra rouler, écraser la pâte afin d'écrire dessus avec ses doigts ou le stylet en bois. Il pourra aussi pétrir des boudins de pâte en la malaxant pour créer des lettres ou des personnages. La pâte se découpe aisément pour créer tout un environnement composé de personnages, d'animaux, de maisons ou de véhicules divers.

Les conseils

- La pâte senteur fait appel au sens de l'odorat. Les autres pâtes, chacune avec sa caractéristique, offrent des expériences tactiles variées que vous l'aiderez à nommer (rugueuse, douce, granuleuse, lisse, friable) et qui permettront des usages et des créations différentes. Cette diversité rend l'activité de modelage ludique mais c'est aussi une étape fondamentale dans les apprentissages de motricité fine et de développement tactile.
- Malaxer de la pâte à modeler est une activité qui vous permettra d'en préparer une autre : fabriquer son pain avec de la farine, de l'eau et de la levure. Votre enfant retrouvera la même sensation, dans un but différent mais tout aussi éducatif.

9

Pédagogie Freinet

Craies de trottoir

dès 3 ans

Les craies de trottoir sont de grosses craies que votre enfant peut utiliser aisément. Souvent utilisées pour marquer les limites d'un jeu en plein air, comme la marelle, elles permettent aussi de développer son imagination et sa créativité en extérieur et d'échapper au traditionnel duo crayon/papier. La pédagogie Freinet donne à cette activité un triple objectif : plaisir, créativité et adaptabilité à l'environnement.

Matériel

- Des craies de trottoir avec des couleurs assorties

Acquisitions

- Créativité
- Imagination
- Autonomie
- Concentration
- Maîtrise du geste et du dessin

Préparation de l'activité

- Choisissez un espace extérieur où les dessins au sol ne gêneront pas, par exemple sur un trottoir, une allée de votre jardin, un mur…

Déroulement de l'activité

- Demandez à votre enfant de commencer un dessin en utilisant le plus de couleurs possible. Il peut dessiner un arc-en-ciel ou un arbre mais le plus important est qu'il prenne possession de l'espace. Qu'il n'hésite pas à suivre ses envies en traçant une ligne sur plusieurs mètres, en faisant des cercles… C'est l'occasion d'élargir son rayon d'action !
- Dans un premier temps, laissez-le agir. Les plus jeunes se contenteront peut-être d'appliquer de la couleur avec frénésie. Laissez-les faire et en profiter : colorier en extérieur, sur l'extérieur, est en quelque sorte une transgression des règles habituelles de la feuille de papier.
- L'intérêt des craies de trottoir est de pouvoir profiter de l'espace, des revêtements divers, de tirer profit de leurs petites failles. Le trottoir peut être pavé, rugueux, lisse, en partie végétalisé, affublé d'un trou, d'une plaque d'égout, etc. et l'œuvre de votre enfant saura intégrer ces « obstacles ».

Le conseil

- Tout est possible avec les craies de trottoir et les activités sont multiples : dessins réalistes ou géométriques pour les plus grands, lignes de couleurs, délimitations, etc. L'important est d'élargir l'espace et le geste, de rendre possible une création en toute liberté, tout en veillant bien sûr à ne pas dégrader l'espace choisi !

10 Pédagogie Montessori

Album de scrapbooking

dès 5 ans

L'objectif d'un album de scrapbooking est de créer des « collimages » ou « créacollages » reflétant des moments de la vie quotidienne. Issue de la pédagogie Montessori, cette activité est un moyen de transmettre et de raconter une histoire personnelle et familiale. Cela permettra aussi à votre enfant de développer sa personnalité par des choix esthétiques et décoratifs.

Matériel

- Un cahier de dessin format A4
- Des photographies de la vie quotidienne
- De jolis papiers variés
- De la colle
- Une paire de ciseaux
- Des crayons de couleur ou des feutres

Acquisitions

- Créativité
- Initiation aux arts plastiques
- Concentration et attention
- Inventivité
- Connaissance de soi

★ Déroulement de l'activité

- Expliquez à votre enfant qu'il va réaliser un album personnel dans lequel il écrira ce qu'il aime, ce qu'il fait, ses souvenirs, ses rêves…
- Demandez-lui de s'approprier le cahier en réfléchissant à ce qu'il souhaite en faire : comment créer un recueil d'idées ? Que souhaite-t-il écrire ? Quels souvenirs veut-il mettre en lumière ? Comment peut-il personnaliser son album ? Ce dialogue vous amènera peut-être à lui donner des photos de vous à son âge, de ses grands-parents ou bien de lieux de vacances qu'il aime.
- Ensuite, laissez-le utiliser différentes techniques pour personnaliser le carnet. L'idée du scrapbooking est d'allier écrits, collages, photos… Ainsi, pour cette activité vous pouvez l'aider à choisir des photos, des images, des lettres prises dans un magazine.
- Une composition de scrapbooking doit être pensée et positionnée avant d'être définitive. Ce moment de concentration et de recherche esthétique fait partie intégrante du travail. C'est un apprentissage de la patience et de la recherche : concevoir avant d'agir.
- Le résultat sera à l'image de ce que veut votre enfant. Page après page, il sera de plus en plus motivé pour créer une nouvelle page de collages et d'écriture qui lui correspond.

Le conseil

- Si l'album retrace la vie de votre enfant, c'est un bon moyen pour se rappeler des moments, des personnes, des lieux et donner à ce carnet de la vie, de la joie et des ressentis positifs. Ce sera alors un album qu'il aimera relire et regarder.

11 Pédagogie Stern

La peinture musicale

dès 4 ans

La traduction de la musique par le biais de la peinture permet à votre enfant de créer un dessin musical. Cette articulation entre la musique et l'expression artistique visuelle développe des capacités synesthésiques, c'est-à-dire une relation entre plusieurs sens sollicités. Cette activité s'inspire de la pédagogie d'Arno Stern qui souligne l'importance de l'écoute active et de la créativité artistique.

Matériel

- Un vieux drap qui servira de toile
- De la gouache
- Des pinceaux de tailles différentes
- Un verre
- Une sélection de musiques

Acquisitions

- Créativité
- Imagination
- Concentration
- Expression des émotions
- Éveil des sens

Préparation de l'activité

- Fixez le drap sur une surface plane, en plaçant par exemple des pierres aux quatre coins.
- Préparez la peinture et les pinceaux.
- Choisissez avec votre enfant des musiques qu'il aime.

Déroulement de l'activité

- Enclenchez la musique et demandez à votre enfant de bien écouter. Cette première écoute doit se faire dans le calme.
- Ensuite, dites-lui qu'il va pouvoir peindre la musique en choisissant des formes et des couleurs qui traduisent ce qu'il ressent en l'écoutant.
- Aidez-le à verbaliser : « *Que ressens-tu en écoutant cette musique ? De la joie, de l'excitation, du calme, de l'apaisement ? Aurais-tu envie de danser sur cette musique ? Quel genre de mouvements ferais-tu ? Brusques, saccadés, doux, lents ?* »
- Enfin, demandez-lui de danser et bouger au rythme de la musique. Puis tendez-lui les pinceaux et laissez-le peindre au gré de ses mouvements. Ne le guidez plus, laissez-le s'exprimer librement à travers la musique et la peinture.
- Il est très important de ne pas juger votre enfant. Il n'y a pas de bonne ni de mauvaise façon de peindre en musique. S'il n'ose pas, encouragez-le : il se lancera une prochaine fois, peut-être.

Le conseil

- L'activité proposée se fait à partir d'une musique mais vous pouvez aussi demander à votre enfant de centrer son écoute sur les paroles. Son dessin illustrera l'histoire entendue ou ce qu'il ressent.

12 Pédagogie Reggio

Les *loose parts*

dès 4 ans

Les *loose parts* sont des objets de toutes sortes, simples, qui permettent aux enfants de développer leur créativité par le jeu libre. La pédagogie Reggio ou de Charlotte Mason insiste sur l'importance de cette activité ludique pour développer l'imaginaire en transformant l'usage premier d'un objet. L'objectif est de donner une « nouvelle vie » à des objets récupérés.

Matériel

- Des objets et matériaux de récupération naturels (branches, pierres, feuilles) ou usagés (boîtes de yaourts, couvercles, boutons), propres bien sûr !

Acquisitions

- Créativité
- Motricité globale
- Motricité fine
- Développement émotionnel et esthétique

Préparation de l'activité

- Récoltez des objets lors d'une promenade (petites branches, écorces, cailloux, feuilles, marrons, plumes, etc.) mais aussi à la maison.
- Pensez à des objets de récupération comme des bouchons, des couvercles, des bouteilles en plastique, d'anciens emballages en carton, du papier, du plastique.

Déroulement de l'activité

- Mettez à la disposition de votre enfant tous les objets collectés. Proposez-lui de construire quelque chose, ce qu'il veut, avec.
- L'idéal est de pouvoir proposer à votre enfant plusieurs types de *loose parts* pour ouvrir le plus possible le champ de sa créativité et de ses envies. Vous découvrirez ainsi le bâtisseur, artiste ou manuel qui sommeille en votre enfant car il pourra donner libre cours à son imagination grâce à ces objets.
- Laissez-le faire. Il n'y a pas d'instruction ou de consigne particulière. Les enfants adorent détourner les objets de leur usage habituel. Vous serez surpris de sa dextérité et de sa motivation à créer et construire un univers à lui qui traduit ses émotions et tout son potentiel.
- N'hésitez pas à entrer dans son jeu en apportant vous aussi des éléments étonnants dans sa construction.

Les conseils

- Cette activité peut être proposée régulièrement. Votre enfant prendra plaisir à refaire quelque chose qu'il a déjà fait, ou à changer du tout au tout sa construction.
- N'oubliez pas de prendre en photo le résultat de son travail. Petit à petit, constituez une galerie d'images des constructions *loose parts* qui reflète l'évolution et le développement de votre enfant.

13 Pédagogie Decroly

Théâtre d'improvisation

dès 6 ans

L'improvisation théâtrale est une activité qui fait appel aux multiples compétences humaines et relationnelles. C'est un moyen créatif pour votre enfant de développer sa confiance en soi. Mais improviser s'apprend. La pédagogie Decroly et Hamaide fait du théâtre une activité phare, pivot de nombreux apprentissages. C'est une activité qui mobilise tous les types d'expressions de l'enfant : corporelle, manuelle, musicale, verbale et émotionnelle. Cette activité peut être faite seul avec votre enfant mais le mieux est tout de même de proposer à plusieurs enfants de participer à ce moment créatif.

Aucun matériel nécessaire

Acquisitions

- Créativité
- Confiance en soi
- Estime de soi
- Expression des émotions
- Concentration
- Langage

Préparation de l'activité

- Le théâtre d'improvisation impose des règles communes librement acceptées et donc discutées au préalable avec votre enfant et tous les participants car c'est une activité de représentation collective.
- Choisissez avant de commencer l'espace de représentation, le « décor » puis le temps imparti. Cela vous permettra de vous concentrer sur l'expression en tant que telle.

Déroulement de l'activité

- Demandez à votre enfant non pas un scénario, puisqu'il y aura une part d'improvisation, mais plutôt s'il y a un personnage qu'il aimerait incarner ou bien une histoire qu'il souhaiterait raconter. Veut-il que ce soit triste, joyeux, amusant ? Vous l'aiderez ainsi au début à définir son projet d'improvisation.
- La difficulté va être de s'exprimer, mais aussi d'écouter les autres pour pouvoir « rebondir ». Lors des premières séances, vous pouvez proposer un thème, ce qui permettra de lancer la représentation.
- Dès le début, vous serez surpris par l'agilité verbale et corporelle des enfants. Les idées fusent et le scénario réel ou imaginaire se construit par les dialogues successifs.
- Très vite, les enfants voudront reprendre et répéter mais expliquez-leur que l'idée est surtout de poursuivre un cheminement, un récit et non pas d'être des comédiens avertis sur une scène.

Les conseils

- Demandez à votre enfant de penser à la future représentation de théâtre d'improvisation. Veut-il par exemple un costume particulier pour se transposer dans une autre époque ?
- Activité complète, le théâtre d'improvisation est aussi une source de souvenirs et d'acquisitions pour mieux se connaître, développer l'estime de soi grâce au regard des autres, apprendre à ne pas juger et à être à l'écoute.

14 Pédagogie Reggio

Le cahier d'imagination

dès 5 ans

Issu de la pédagogie Reggio, le cahier d'imagination a comme objectif de permettre à votre enfant d'exprimer toute son inventivité et sa créativité dans un cadre précis. La puissance d'invention d'un enfant est sans limite. L'imaginaire et l'inventivité de votre enfant sont au service de l'apprentissage de la langue. Le cahier d'imagination relie donc l'expression orale, le dessin et l'exercice d'écriture.

Matériel

- Un cahier format A4 avec une page avec des lignes et une page blanche
- Des stylos de couleurs différentes
- Des crayons de couleur

Acquisitions

- Créativité
- Imagination
- Autonomie
- Concentration
- Apprentissage de la langue et de l'expression écrite
- Écoute de soi et des autres

Préparation de l'activité

- Demandez à votre enfant de décorer ce cahier d'imagination pour en faire un objet unique.

Déroulement de l'activité

- Demandez à votre enfant ce qu'il aimerait imaginer comme histoire. L'idée peut venir d'une promenade, d'une lecture, d'un moment de sa journée, d'une discussion avec vous ou un proche ou bien être totalement imaginaire.
- Partez d'une idée de départ comme : « *Et si je volais dans les airs, que ferais-je* ? » ou « *Quelle serait ma maison idéale* ? » Le cahier d'imagination se travaille à plusieurs : votre enfant, vous, et pourquoi pas d'autres enfants.
- Aidez-le à mettre en place un scénario. Ne cherchez pas forcément une histoire « plausible ». Laissez votre enfant s'exprimer et raconter et notez quelques indications afin de le guider dans sa rédaction.
- Ensuite, c'est le moment où l'imaginaire lié à la créativité entre en jeu : comment souhaite-t-il s'y prendre pour concevoir ce cahier ? Dessiner d'abord l'histoire ? Écrire quelques mots ou quelques phrases ? Relier des mots, des phrases avec des dessins ?
- Là encore, le rôle du cahier est de traduire sans le réduire l'imaginaire de votre enfant. Laissez-le s'approprier le cahier en dessinant et écrivant son histoire imaginaire. Soyez à ses côtés pour l'aider s'il vous le demande, pour écrire un mot ou lui rappeler ce qu'il avait dit. N'insistez pas sur l'orthographe des mots : l'important, c'est que votre enfant invente, dessine et écrive.

Le conseil

- Aidez votre enfant à exprimer ses émotions et ses désirs grâce à la confection de ce cahier. Ce travail délicat vous permet de mieux le connaître et de partager avec lui un moment bien réel !

15 Pédagogie Freinet

Graphisme décoratif

dès 4 ans

Les activités de graphisme décoratif combinent plusieurs types de graphismes, du plus simple au plus élaboré. On y travaille le regard esthétique et la motricité fine pour arriver plus tard au geste de l'écriture. La pédagogie Freinet utilise aussi le graphisme décoratif pour permettre à l'enfant de créer son propre univers graphique. Cette activité est à la base de toutes celles qui conjuguent dessin et maîtrise du geste, comme nous le verrons pour les mandalas dessinés.

Matériel

- Une feuille format A4
- Des feutres fins
- Un répertoire graphique

Acquisitions

- Motricité fine
- Sens esthétique
- Autonomie
- Concentration

Préparation de l'activité

- Un répertoire graphique recense et présente une multitude de formes et traces graphiques. Si vous n'en avez pas, il est facile de vous en procurer un sur internet et de l'imprimer.

Déroulement de l'activité

- Présentez le répertoire graphique à votre enfant. Il reconnaîtra sûrement quelques tracés : lignes verticales, horizontales, points, ronds, boucles… Nommez aussi les vagues, les spirales, les ponts envers, les ponts endroit, les croix, les étoiles…
- Demandez-lui : « *Observe ces graphismes : lesquels te plaisent ? Lesquels aurais-tu envie de dessiner ?* »
- Proposez-lui ensuite de réaliser une production qui va combiner ses graphismes préférés.
- Avec un feutre, tracez sur la feuille des lignes qui se croisent et qui vont délimiter 4 ou 5 espaces différents.
- Demandez à votre enfant de remplir avec un feutre fin ces espaces en les décorant avec les motifs de son choix. Dites-lui qu'il faut utiliser un graphisme par espace et qu'il peut changer de couleur pour chaque espace. L'activité est terminée lorsque la feuille est remplie.
- Cette tâche requiert beaucoup de soin et de concentration. Elle est d'autant plus difficile à réaliser que l'enfant est jeune et les graphismes choisis élaborés.
- N'hésitez pas à féliciter votre enfant : « *Tu peux être fier(e) de toi, tu as vraiment réussi à te concentrer. Je vois que tu t'es vraiment appliqué(e). J'aime beaucoup les graphismes et les couleurs que tu as choisis !* »

Le conseil

- Au lieu de diviser la feuille en plusieurs parties, il peut s'agir de décorer une partie précise d'une illustration : la robe d'un personnage, la façade d'une maison…

Le développement de l'autonomie

Touchant à la fois à la connaissance de soi et de son environnement, la construction et le développement de l'autonomie de votre enfant sont primordiaux. Cela va lui permettre de faire des choix tout en connaissant les limites assurant sa sécurité et son bien-être. Les pédagogies alternatives attachent une grande importance aux apprentissages qui, au rythme de l'enfant, l'aident et l'accompagnent dans cette marche vers l'autonomie et l'émancipation.

Comment favoriser l'autonomie de votre enfant ?

- Faites-lui confiance.
- Encouragez-le.
- Prenez le temps de l'écouter.
- Expérimentez.
- Laissez-lui le temps de se connaître.
- Encouragez-le à partager et échanger avec les autres.

L'ensemble des activités proposées, concrètes et en lien direct avec la vie quotidienne de votre enfant, sont des pistes pour accompagner le développement de son autonomie. Aider votre enfant à faire par lui-même est un exercice quotidien qui témoigne de votre confiance en lui. Cette bienveillance l'aide à se construire comme un individu singulier et social. Car l'autonomie, ce n'est pas faire tout, tout seul, mais plutôt mieux se connaître pour s'épanouir.

16 Pédagogie Montessori

Le jeu des versés

dès 3 ans

Concrète et pratique, la pédagogie Montessori propose des exercices permettant aux enfants d'être autonomes, tout en développant leur motricité fine. Verser avec précision demande de la concentration et un geste précis. Cette activité permet de travailler de façon ludique la dextérité de votre enfant.

Matériel

- 6 verres transparents
- Des haricots secs
- De la semoule
- Des noix
- De l'eau
- Une bassine vide

Acquisitions

- Autonomie
- Concentration
- Précision et contrôle de soi
- Motricité fine

Préparation de l'activité

- Préparez les 6 verres : gardez-en un vide et remplissez les 5 autres avec les noix, les haricots secs, la semoule et l'eau.

Déroulement de l'activité

- Demandez à votre enfant de prendre le verre avec les noix et demandez-lui : « *Peux-tu transvaser les noix dans le verre vide sans qu'elles ne tombent par terre ?* ». Laissez-lui le temps de prendre conscience de la nécessité d'être concentré pour réaliser cette action. Il peut refaire le transvasement plusieurs fois de suite jusqu'à ce qu'aucune noix ne tombe.
- Puis faites-lui effectuer la même opération avec le verre rempli de haricots secs : « *Maintenant, on va faire une action plus difficile avec les haricots.* » De la même façon, demandez-lui de recommencer cette opération jusqu'à ce que cela devienne pour lui un exercice aisé et qu'aucun haricot ne tombe.
- Poursuivez l'activité avec le verre rempli de semoule. Petit à petit, il doit percevoir par lui-même les différences et les similitudes de cette activité. Gardez en tête que les enfants adorent transvaser et que cet exercice est avant tout un jeu.
- Lorsque votre enfant réalise les trois transvasements avec facilité, passez à l'eau. Mettez les verres au-dessus de la bassine vide et invitez votre enfant à transvaser l'eau d'un verre à l'autre.
- Cette manipulation, plus complexe, nécessite du temps. Mais vous verrez que votre enfant apprécie cette activité et qu'il aura envie de réussir de mieux en mieux ses transvasements, vous ne pourrez plus l'arrêter !

Les conseils

- En faisant cette activité régulièrement, elle deviendra vite un rituel pour votre enfant.
- Pensez à le laisser remplir seul son verre lors des repas. Cette autonomie progressive sera pour lui une force et lui donnera confiance en lui !

17

Pédagogie Decroly

Les jeux d'imitation

dès 3 ans

Les jeux d'imitation, encore appelés « jeux symboliques », participent à la construction et au développement de la personnalité de l'enfant. Toutes les pédagogies alternatives, et en particulier la pédagogie Decroly, utilisent ce processus psychologique d'imitation pour créer une multitude d'activités. Faire comme un adulte (et par extension comme vous) est un symbole fort pour votre enfant. Laissez-le choisir ce qu'il veut imiter, ces jeux ne doivent pas être des stéréotypes mais bien des moyens de découvrir son environnement et sa personnalité.

Aucun matériel nécessaire

Acquisitions

- Autonomie
- Imagination
- Créativité
- Connaissance de soi

Déroulement de l'activité

- Proposez à votre enfant de jouer à « faire semblant ». Encore mieux, attendez qu'il vous le propose lui-même ! Les enfants adorent « jouer à » : jouer à la marchande, à la maîtresse, à la dînette…
- Jouer à la dînette, par exemple, peut se faire dans la salle à manger, dans la cuisine, ou dans un lieu improvisé. Proposez à votre enfant de dresser la table pour ses poupées et ses peluches. Aidez-le à aménager un semblant de table avec une caisse retournée, des coussins en guise de sièges, etc. L'imagination des enfants est sans limite.
- Au début, votre enfant va reproduire des gestes et des mots qu'il connaît, entendus au cours des repas. Acceptez de jouer un rôle : « *Qui veux-tu que je sois ? La grande sœur ? Le bébé ? Le papa ?* » Votre enfant prendra certainement un malin plaisir à inverser l'ordre des choses ! Il vous donnera à manger ou vous grondera peut-être si vous faites semblant de renverser votre verre.
- Progressivement, votre enfant prolongera de lui-même l'activité. Vous partirez peut-être en promenade avant ou après le repas, passerez chez l'ours marchand de légumes…
- Profitez pleinement de ce moment de complicité ! Les situations sont souvent amusantes car votre enfant caricature et accentue les comportements de chacun lorsqu'il les restitue.
- Les jeux d'imitation des gestes du quotidien font naître chez votre enfant un besoin d'expression. Accompagnez-le avec confiance et bienveillance pour l'aider au mieux dans cette construction indispensable de sa personnalité.

Le conseil

- Les jeux d'imitation peuvent parfois révéler un mal-être chez un enfant qui a vécu une situation difficile. Soyez attentif aux paroles et aux situations mises en place.

18 **Pédagogie Montessori**

Cuisiner une soupe de légumes

dès 3 ans

La pédagogie Montessori privilégie les activités qui permettent aux enfants de participer à la vie quotidienne de la famille et d'être de plus en plus autonomes. Préparer une soupe de légumes est une activité concrète qui initiera votre enfant au goût et à la multiplicité des saveurs. Vous pourrez aussi parler à votre enfant de l'importance de choisir des légumes de saison et lui montrer comment allier les légumes avec les notions de qualité, goût et plaisir. Cette activité pratique permet enfin l'utilisation d'un vocabulaire approprié sur les légumes et leurs caractéristiques.

Matériel

- Des légumes de saison pour confectionner la soupe, par exemple en hiver : une dizaine de carottes, 200 g d'épinards frais, 5 pommes de terre, 2 poireaux, 1 tranche de courge et 300 g de lentilles
- Un économe
- Un couteau
- Une grande casserole
- De l'eau

Acquisitions

- Autonomie
- Motricité fine
- Motricité globale
- Connaissance des légumes des différentes saisons

Déroulement de l'activité

- Selon son âge, commencez par demander à votre enfant de laver les différents légumes : « *Regarde bien chaque légume : y a-t-il une peau ? Faut-il l'enlever et comment ? Est-ce indispensable, ne peut-on pas simplement laver le légume ? D'ailleurs, pourquoi faut-il laver les légumes ?* »
- Cette première étape demande de l'attention et pose de nombreuses questions. Votre enfant va comprendre qu'on ne prépare pas de la même façon les lentilles, les carottes ou les pommes de terre. Demandez-lui comment il compte s'y prendre et montrez-lui si nécessaire comment faire.
- Puis selon son âge et la dextérité de votre enfant, proposez-lui de frotter les légumes avec une brosse ou bien montrez-lui comment les éplucher avec un économe. Vous serez surpris par son attention et sa motivation pour faire au mieux. Expliquez-lui aussi que les peaux des légumes sont comestibles.
- Coupez ensuite les légumes en petits dés. Comme pour l'épluchage, aidez votre enfant mais proposez-lui aussi de le faire lui-même avec attention et précaution, car un couteau, ça coupe !
- Déposez les légumes coupés dans une grande casserole, recouvrez-les d'eau et mettez-les à cuire. Ne les salez pas. Régulièrement, piquez les légumes jusqu'à leur cuisson (environ 20 minutes). Ils doivent être fondants.
- Il n'est pas nécessaire de mixer la soupe. Au contraire, profitez-en pour initier votre enfant aux saveurs et aux goûts. Chaque légume a donné une saveur à l'ensemble et l'eau du potage possède une harmonie d'arômes. Demandez-lui s'il peut reconnaître les différents goûts.
- Déguster votre propre soupe sera pour votre enfant et vous le résultat d'un moment complice et vous apportera la joie de partager ensemble un bon repas nourrissant et sain.

Les conseils

- Proposez à votre enfant d'utiliser un vocabulaire adéquat sur les 4 saveurs primaires : sucré, salé, acide, amer.
- Vous pouvez faire goûter à votre enfant chaque légume cru puis cuit pour lui montrer la transformation du goût (attention, la pomme de terre ne se consomme pas crue).

19 Pédagogie Montessori

Faire sa toilette

dès 3 ans

L'apprentissage de la propreté est une compétence qui s'acquiert progressivement. La pédagogie Montessori multiplie les activités liées à l'hygiène pour permettre petit à petit aux enfants d'être autonomes. Faire soi-même sa toilette est une étape essentielle de l'autonomie et permet une meilleure connaissance de son corps ainsi que le développement d'un sentiment de bien-être et de propreté. Il est très important de s'adapter au rythme de l'enfant, à sa taille et à sa dextérité pour cette activité.

Matériel

- Un savon neutre
- Une serviette de toilette
- Un gant de toilette
- Un peigne ou une brosse à cheveux
- Une brosse à dents
- Du dentifrice
- Quelques mouchoirs en papier

Acquisitions

- Autonomie
- Attention
- Contrôle et motricité fine

Préparation de l'activité

- Pour une bonne toilette, commencez par adapter la salle de bains à la taille de votre enfant. Peut-il facilement ouvrir le robinet, se voir dans la glace ? Peut-être qu'un petit tabouret ou une chaise sera nécessaire.

Déroulement de l'activité

- Installez devant votre enfant les différents éléments : savon, gant de toilette, serviette, brosse à dents, dentifrice. Posez-lui des questions sur les différents objets et leurs usages : « *À quoi peut bien servir ce gant ? Comment s'en sert-on ? Comment se brosse-t-on les dents ? Dans quel sens et combien de temps ? Et le peigne, comment l'utiliser ?* »
- Vous pouvez l'aider en mimant et en verbalisant les différentes étapes de sa toilette : se regarder dans le miroir, se laver les mains, se moucher, se laver la figure avec un gant de toilette, se laver les dents, se coiffer et se peigner.
- Par exemple, pour se laver la figure, montrez-lui sur vous-même comment mouiller le gant, frotter avec le savon puis se débarbouiller, rincer le gant, enlever le savon de sa figure et enfin se sécher. Maintenant, à lui de vous imiter !
- Toutes ces étapes doivent être faites en conscience et de manière calme pour profiter pleinement de ce moment de soin rien qu'à soi et y prendre plaisir.

Le conseil

- Bien sûr, votre enfant se lave depuis tout petit. Mais sans doute était-ce vous qui accomplissiez la plupart des gestes. Votre enfant cherche d'abord à vous imiter plus qu'à être propre. Pour s'approprier les gestes de la toilette, il doit les avoir repérés régulièrement. Avec cette activité, c'est à lui et lui seul de jouer ! Sa toilette deviendra alors son moment à lui.

20 Pédagogie Montessori

Boutonnage et laçage

dès 3 ans

La pédagogie Montessori a mis en place toute une série d'exercices et de jouets pour aider les enfants à boutonner et à lacer. S'habiller seul est une étape importante de l'autonomie et les pédagogies alternatives insistent sur les apprentissages usuels et quotidiens des enfants. Apprendre à lacer et boutonner est un vrai travail de coordination et d'habileté qui s'apprend par imitation, compréhension de ce que l'on fait et répétition. Votre enfant aura besoin de confiance et d'encouragement car ces mouvements sont plus complexes que ce que l'on peut croire.

Matériel

- Une chemise avec des boutons
- Une paire de chaussures avec des lacets
- Un carton rigide de 20 x 20 cm
- Un poinçon

Acquisitions

- Autonomie
- Motricité fine

Déroulement de l'activité

Le boutonnage

- Commencez par l'apprentissage du boutonnage. C'est un exercice important et primordial de développement de la motricité fine. Prenez une chemise ou un manteau avec de gros boutons. Montrez à votre enfant comment faire puis invitez-le à faire seul. Le boutonnage demande du temps de manipulation, des essais et une coordination des deux mains. C'est un exercice qui vous permet d'observer votre enfant, est-il gaucher ou droitier ?
- Cette activité peut se faire en plusieurs étapes si vous choisissez de varier la grosseur des boutons et la taille des ouvertures des boutonnières.
- Si votre enfant ne voit pas l'intérêt, montrez-lui par exemple qu'il peut maintenant fermer sa blouse seul avant de faire de la peinture. Expliquez-lui aussi que ce n'est pas la même chose de s'exercer sur un vêtement posé devant soi ou sur un vêtement porté sur soi.

Le laçage

- Le laçage est une activité qui demande une dextérité des doigts. Le précédent apprentissage de boutonnage est ainsi un bon exercice préparatoire.
- Pour que cette activité devienne un vrai jeu, transformez le carton en planche à trous. Trouez le carton tous les 4 cm avec un poinçon en créant deux lignes.
- Placez un lacet et demandez à votre enfant de créer un laçage : « *Passe le lacet dans le trou et fais le ressortir de l'autre côté.* » Votre enfant se concentre pour mettre le lacet dans le trou et créer le laçage qu'il souhaite. Il y a de bien multiples façons de lacer.
- Prenez ensuite une vraie chaussure avec des lacets et montrez à votre enfant ces étapes :
  - Prenez un lacet dans chaque main et croisez-les l'un sur l'autre.
  - Formez ensuite un nœud simple en passant chaque lacet sous le lacet opposé et tirez chaque lacet pour serrer le nœud.
  - Formez une boucle avec le premier lacet puis avec le second.
  - Passez la boucle du dessus dans le trou par en dessous puis tirez.

  Le laçage est fini.

Le conseil

- Ces activités de boutonnage puis de laçage sont la voie vers l'autonomie ! Elles deviendront des rituels incontournables des débuts de journée et, pour votre enfant, une vraie victoire d'être capable de les faire !

21 **Pédagogie Decroly**

La vannerie

dès **6** ans

Confectionner un panier en osier ou avec des végétaux est une activité de dextérité mais aussi une recherche d'esthétisme. La pédagogie Decroly utilise cette activité pour permettre aux enfants de développer leur autonomie. En lien direct avec la nature, cette activité se retrouve également dans la pédagogie des *Forest schools*. La vannerie est une activité universelle et ancestrale qui transmettra à votre enfant des techniques complexes de tressage et de manipulation.

Matériel

- Des tiges de rotin ou d'osier
- Une bassine d'eau
- Un peu de raphia ou de ficelle
- Une paire de ciseaux

Acquisitions

- Autonomie
- Concentration
- Motricité fine

Déroulement de l'activité

- La veille de l'activité, coupez des tiges de rotin ou d'osier en 8 morceaux égaux et dites à votre enfant : « *En faisant attention à ne pas te blesser, place l'ensemble des tiges dans l'eau. Il faut qu'elles soient recouvertes d'eau pour s'assouplir.* »
- Le lendemain, une fois les tiges assouplies, l'atelier vannerie peut commencer. Répartissez les 8 tiges en 2 paquets de 4. Croisez les 2 paquets perpendiculairement et attachez-les au centre avec de la ficelle. Vous obtenez ainsi les 16 tiges qui permettront de tisser le panier 1 .
- Prenez ensuite les tiges pour les entrelacer une fois par-dessus, une fois par-dessous. Au bout de quelques tours, resserrez l'ensemble 2 . Vous verrez que très vite, votre enfant voudra vous prendre le tressage des mains pour le faire lui-même.
- Lorsque la forme et la hauteur conviennent à votre enfant, montrez-lui comment arrêter le panier en pliant les extrémités vers l'intérieur. Votre enfant obtient ainsi un joli panier en osier fait maison !

1

2

Les conseils

- Le panier peut aussi être un cache-pot. Décidez au préalable de la taille voulue et servez-vous du pot comme support. Cela peut aider votre enfant avant de confectionner un panier sans modèle.
- Toutes les activités manuelles de ce type aboutissant à un objet terminé et concret procurent à votre enfant un sentiment de réussite et de fierté.

22

Pédagogie Steiner

Les perles à enfiler

dès 3 ans

Enfiler des perles est pour votre enfant un moyen ludique de développer son autonomie et sa dextérité. Contrairement à ce que voudrait nous faire croire l'adage, il ne s'agit aucunement d'une activité artificielle et oisive ! Issue de la pédagogie Steiner, elle donne confiance à votre enfant en lui montrant son habileté. Elle apaise son esprit et l'aide à se concentrer sur des mouvements minutieux. C'est un excellent exercice de motricité fine qui permet à votre enfant d'observer et de choisir des formes et des couleurs pour créer un objet à lui.

Matériel

- Des fils de 15 cm (pour les bracelets) et de 40 cm (pour les colliers)
- Des pâtes alimentaires en forme de tube (de type pennes)
- Des pailles multicolores
- Une paire de ciseaux

Acquisitions

- Créativité
- Autonomie
- Concentration
- Habileté et dextérité

Déroulement de l'activité

- Demandez à votre enfant de couper les pailles en morceaux de différentes longueurs à l'aide d'une paire de ciseaux, puis mélangez-les.
- Prenez les pâtes alimentaires. Si vous avez plusieurs variétés de pâtes tubes (pennes, macaronis, rigatonis) étalez-les devant votre enfant, observez ensemble leurs différences et réfléchissez à leur utilisation.
- Attachez ensuite un fil à une pâte alimentaire à l'aide d'un nœud. Vous pouvez aussi utiliser un bouton mais, dans ce cas, aidez votre enfant.
- Dites-lui qu'il va créer un collier ou un bracelet en enfilant les perles, les morceaux de pailles multicolores et les pâtes. Laissez-le faire comme il l'entend, c'est un vrai travail de concentration qui demande toute son attention.
- Petit à petit, un collier composé de couleurs et de formes différentes va se constituer. Votre enfant exerce sa maîtrise bimanuelle qui demande une réelle coordination de l'œil et des deux mains.
- Une fois le collier terminé, montrez à votre enfant comment attacher le fil restant à l'autre extrémité pour fermer la boucle.

Le conseil

- Cette activité peut faire naître une multitude de variantes, comme la constitution d'un carillon de perles ou de petits objets de récupération. Au-delà du résultat, c'est bien l'acquisition de cette autonomie manuelle qui est en jeu.

23 Pédagogie Decroly

Mettre la table

dès 3 ans

Voilà une activité de la vie quotidienne ! Mettre la table est à la fois un rituel et un moment de partage et de dialogue entre les membres de la famille. La pédagogie Decroly souligne l'importance des services et des charges collectives. Cette activité permet donc à votre enfant d'être autonome mais aussi de prendre sa part dans les tâches collectives. Votre enfant sera fier de la confiance que vous lui accordez et pourra comprendre qu'il fait partie d'une famille qui a besoin de lui pour les activités communes !

Matériel

- Des sets de table
- Des serviettes
- Des couverts
- Des assiettes et des verres
- Du sel et du poivre
- Une carafe d'eau

Acquisitions

- Autonomie
- Concentration
- Partage

Déroulement de l'activité

- Le moment du repas approche, votre enfant commence à avoir faim, il sent les odeurs venant de la cuisine… Bref, il est motivé ! Profitez-en pour lui demander de vous aider à dresser la table : « *Peux-tu m'aider à mettre la table ? De quoi a-t-on besoin ? Combien serons-nous à manger ? Peux-tu prendre des serviettes ? Merci !* »
- Commencez par lui donner des sets de table et des serviettes à déposer à chaque place. C'est le début du rituel car le plus souvent, chacun aime s'installer à la même place.
- Ensuite, dites-lui de prendre les couverts (cuillères, fourchettes, couteaux) et expliquez-lui qu'il y a une place pour chaque ustensile (le couteau à droite, la fourchette à gauche et la cuillère au-dessus de l'assiette) mais que dans un premier temps, ce qui compte c'est de ne rien oublier.
- Vient ensuite l'étape délicate : le transport des assiettes. Ne lui en confiez pas trop à la fois, et vérifiez qu'il n'est pas en chaussettes ! Montrez-lui que vous lui faites confiance, il devrait bien comprendre la responsabilité qui est la sienne.
- Ce rituel quotidien est un moment important et prépare votre enfant à un repas pris en commun qui sera un moment de partage, d'échange et de joie. Finalement, cette activité fait partie du repas en tant que tel. C'est grâce à cette tâche bien menée que le repas devient un vrai plaisir, où chacun peut se concentrer sur ce qu'il mange.

Le conseil

- Eh oui, après le repas vient le moment de débarrasser ! C'est un rituel qui permet de comprendre l'importance de ne pas laisser d'aliments dans son assiette. De la même façon, rapporter les couverts et les assiettes fait partie de cette activité et il n'est jamais trop tôt pour apprendre qu'on ne repart jamais vers la cuisine les mains vides !

24 Pédagogie Montessori

Ranger sa chambre

dès 4 ans

Ranger sa chambre est une activité qui apparaît comme une contrainte alors qu'il s'agit en réalité d'un moyen de développer son autonomie. Cette activité consiste à mettre votre enfant en condition pour lui donner envie de « bien » ranger. La pédagogie Montessori souligne l'importance de la structuration d'un ordre intérieur et extérieur qui sécurise l'enfant et lui permet aussi de se repérer et d'être plus autonome.

Aucun matériel nécessaire

Acquisitions

- Autonomie
- Concentration

Préparation de l'activité

- L'idée même de cette activité est de repenser l'aménagement de la chambre de votre enfant pour le rendre fonctionnel afin qu'il se repère et progresse à son rythme.
- Sécuriser sa chambre, c'est lui offrir un mobilier (table, chaise, étagère) adapté à sa taille et à ses envies et rendre sa chambre modulable et flexible.
- Votre enfant grandit, progresse et évolue rapidement mais aura toujours besoin de « coins » dédiés au repos, à la création et aux jeux. À partir de cet environnement adapté, le rangement est un besoin et une activité à part entière.

Déroulement de l'activité

- Tout d'abord, demandez à votre enfant de mettre en avant les objets et jeux qui lui servent quotidiennement : « *Peux-tu étaler tous les objets que tu aimes et dont tu te sers souvent dans ta chambre ?* »
- *A contrario*, demandez-lui s'il peut mettre de côté ce qui ne lui sert pas, ou peu. Les objets saisonniers (les jeux de plage, par exemple) pourront être mis dans un carton et les jeux qui ne servent plus pourront être donnés.
- Ensuite, expliquez à votre enfant comment ranger régulièrement. Dites-lui que le rangement après une activité est un moment important de l'activité en elle-même. Par exemple, après avoir colorié et fait un dessin, il faut prendre l'habitude de ranger ses crayons et ses feutres. Vous pouvez lui dire que c'est finalement la même chose que lorsqu'on dessert la table du repas après avoir mangé.
- Avec une chambre bien adaptée et bien pensée, quelle que soit sa taille, le nettoyage et le rangement deviennent un rituel de plaisir et non une contrainte.

Le conseil

- L'objectif de cette activité est de créer un rituel régulier et non de faire un grand rangement lorsque l'espace est envahi ! Mettre en ordre et ranger est un moyen d'être autonome, de développer un sentiment de sécurité et de prendre confiance en soi.

25

Pédagogie Freinet

Découpages

dès 3 ans

Découper s'apprend et c'est un geste complexe qu'il faut maîtriser. La pédagogie Freinet privilégie ce type d'activités concrètes propices à l'autonomie et à la manipulation. Savoir tenir des ciseaux et préparer avec minutie des découpages sont des objectifs importants pour tous les jeunes enfants. Cela permet ensuite une ouverture vers une multitude d'activités artistiques. Nous proposons ici la confection d'un bouquet floral en papiers multicolores.

Matériel

- Des feuilles de couleurs différentes
- Une paire de ciseaux adaptée à la main de votre enfant
- De la colle
- Des feutres

Acquisitions

- Autonomie
- Créativité
- Concentration
- Motricité fine

★ Déroulement de l'activité

- Présentez l'activité à votre enfant : « *Nous allons confectionner un bouquet de fleurs en papier. Tu vas pouvoir faire les découpages* ». Montrez tout d'abord à votre enfant comment bien tenir la paire de ciseaux. C'est un premier exercice qui demande de l'attention, de la coordination, de la dextérité et qui vous permettra aussi d'observer votre enfant. Est-il gaucher ou droitier ? Vous pouvez vous procurer dans le commerce des ciseaux pour les gauchers.
- Pour cette première étape, prenez une feuille de papier et proposez à votre enfant de s'exercer à découper en faisant des franges tout autour, en suivant une ligne ou en faisant des ronds, selon son habileté. Montrez-lui bien comment tenir la feuille de l'autre main pour que le geste de découpage soit efficace.
- Expliquez-lui que l'objectif est de découper des ovales pour confectionner des pétales de fleurs. Cette forme permet à votre enfant de se familiariser avec le découpage. Il peut faire des grands ou des petits pétales, de formes et de couleurs variées.
- Ensuite, demandez-lui de découper des ronds pour faire les cœurs des fleurs.
- Après tous ces découpages, qui sont pour lui un effort, il convient de passer à la confection du bouquet. Demandez à votre enfant de poser et de coller sur une feuille les morceaux découpés pour former des fleurs.
- Proposez-lui de terminer l'activité en dessinant les tiges de chaque fleur et, pourquoi pas, le vase dans lequel son bouquet s'épanouira.

Le conseil

- Cette activité ouvre le champ à de multiples découpages, mais la technique du découpage n'est pas innée et nécessite une réelle coordination des deux mains et du regard. N'hésitez pas à laisser votre enfant expérimenter et s'entraîner sans aucune directive : vous verrez qu'il créera naturellement des lignes, volutes et petit à petit, avec une dextérité plus fine, des silhouettes ou autres formes personnalisées.

26

Pédagogie Écoles démocratiques

Le jeu du serveur

dès 6 ans

Le jeu du serveur est une activité d'adresse qui développe l'autonomie de votre enfant. La pédagogie des Écoles démocratiques précise l'importance de cette confiance nécessaire dans l'enfant et dans ses capacités. Cette adresse, il la possède lui-même, il peut l'améliorer par l'expérience mais il ne s'agit pas seulement de lui transmettre un savoir : cette confiance il va l'acquérir seul grâce à sa volonté et sa motivation.

Matériel

- 2 plateaux
- 2 bouteilles d'eau vides
- Des gobelets
- Une bassine d'eau

Acquisitions

- Autonomie
- Concentration
- Adresse

Préparation de l'activité

- Déterminez à l'avance un parcours dans un jardin ou en extérieur (ça peut mouiller !). Pour rendre cette activité encore plus amusante, vous pouvez la faire à plusieurs.
- Placez les plateaux, les gobelets et la bassine d'eau à une extrémité du parcours. Déposez les bouteilles d'eau vides à l'autre extrémité.

Déroulement de l'activité

- Formez deux équipes avec les enfants et montrez-leur le parcours à effectuer.
- Expliquez-leur que but du jeu est de parvenir en équipe à remplir sa bouteille d'eau en premier et que pour ce faire, il va falloir aller vite tout en faisant tomber le moins d'eau possible !
- Chaque joueur doit remplir les gobelets d'eau puis les placer sur le plateau. Dites-leur qu'il ne s'agit pas de remplir le plateau et de ne pas pouvoir le porter mais bien d'évaluer ce que l'on peut réellement faire.
- Le départ peut être donné : un enfant de chaque équipe s'élance, transportant des gobelets remplis sur son plateau. Il va jusqu'à la bouteille de son équipe et tente de la remplir. Il retourne ensuite au point de départ, donne le plateau à un coéquipier et la course se poursuit en relais.
- Au-delà du caractère ludique de ce jeu, il y a un enjeu pédagogique car cela demande de l'adresse, de la patience et du rythme.

Le conseil

- Proposez à votre enfant de regarder un serveur dans un café. Il sera impressionné par son aisance et sa dextérité. Expliquez-lui que comme tout, cela s'apprend.

27

Pédagogie Freinet

La marchande

dès 6 ans

Jouer à la marchande ou au marchand est une activité d'échange et de communication. La pédagogie Freinet privilégie les activités de partage, de coopération et d'autonomie. Ce jeu, en proposant une interaction entre un commerçant et un acheteur, participe à la connaissance de la vie sociale, ainsi qu'au développement de l'autonomie de votre enfant. L'objectif est de simuler une vente pour apprendre à compter, à additionner et soustraire, à mettre en place le vocabulaire de politesse, sans oublier celui des produits à vendre. Nous ferons ici une activité autour des fruits et légumes.

Matériel

- Des légumes et fruits divers
- Des feuilles de papier
- Un stylo

Acquisitions

- Autonomie
- Calcul
- Expression orale et écrite

Préparation de l'activité

- Avec votre enfant, sélectionnez des fruits et des légumes. Si vous n'en n'avez pas, réalisez ensemble des étiquettes avec le dessin des fruits et légumes et leurs noms. Cela est déjà une activité à part entière qui permet de préparer le jeu.
- Préparez également des étiquettes de prix ainsi que des billets et des pièces en papier pour payer.

Déroulement de l'activité

- Commencez par présenter sur une table les différents fruits et légumes comme le ferait un primeur : placez-les joliment, indiquez leur prix.
- Répartissez-vous ensuite les rôles, demandez à votre enfant : « *Tu préfères faire le marchand ou le client ?* »
- Entamez ensuite le dialogue : « *Bonjour, je voudrais des pommes, vous en avez ? D'où viennent-elles ? Sont-elles bien mûres et juteuses ? Combien coûtent-elles ?* » Quel que soit votre rôle, veillez à utiliser un vocabulaire riche et varié pour en imprégner votre enfant.
- Comme chez un marchand, le client doit payer et le marchand doit lui rendre la monnaie. Ce jeu d'imitation est une initiation à toutes les interactions sociales possibles et vous pouvez le développer selon l'âge de votre enfant.

Les conseils

- Une visite dans un marché saisonnier s'impose ! Votre enfant découvrira ainsi qu'il ne s'agit pas seulement d'un moment de vente mais bien de convivialité, de rencontres et de vivre ensemble. Les commerçants auront à cœur de faire goûter leurs produits et de dialoguer avec lui.
- Avec les enfants plus âgés, fixez des prix au kilo et introduisez la notion de poids avec une balance.

28 Pédagogie Freinet

Rituels et routines du jour

dès 6 ans

Les rituels permettent aux enfants de rythmer leur journée et de créer un sentiment de sécurité. Ce sont des événements et des gestes réguliers qui se déroulent dans un même ordre et aux mêmes heures. La pédagogie Freinet les utilise pour permettre aux enfants de développer leur autonomie. Ils permettent de prendre conscience de ce que l'on fait pour pouvoir s'améliorer par l'expérience. En créant ses rituels on peut aussi les faire évoluer à mesure de son âge.

Matériel

- Des feuilles de papier
- Un ordinateur
- Une imprimante
- Une paire de ciseaux
- Des punaises, des aimants ou de la gomme adhésive

Acquisitions

- Autonomie
- Organisation
- Connaissance du caractère cyclique du temps qui passe
- Connaissance de soi

Déroulement de l'activité

- Expliquez à votre enfant que vous allez créer une frise avec tous les moments de sa journée qui se répètent chaque jour. Dites-lui que cela l'aidera à « faire tout seul », il va adorer !
- Commencez par repérer les rituels et les routines quotidiennes. Demandez-lui par exemple : « *Que fais-tu en te levant ? Que prends-tu au petit-déjeuner ? À quelle heure dois-tu te coucher pour bien dormir ?* » Ces éléments sont souvent liés à des besoins biologiques. En parler permet aussi de les accepter, de les comprendre et non de les subir comme des contraintes.
- Définir avec lui des rituels lui permet de développer sa propre autonomie. Aimerait-il changer certaines habitudes ? Est-ce possible et réaliste ? Il y a parfois des contraintes comme se lever pour aller à l'école, qui sont incontournables. Pourtant, en discutant, vous entendrez aussi des suggestions de sa part qui pourront être prises en compte.
- Définissez ensemble le rituel du soir : le bain, le repas, le lavage des dents, une histoire à lire ensemble au lit puis le coucher à heure fixe. Chaque rituel peut être lui-même détaillé.
- Une fois ces discussions terminées, cherchez sur internet des images correspondant à chaque rituel puis imprimez-les. Faites-en ensuite l'inventaire avec votre enfant : « *Manque-t-il des images ? Y en a-t-il en trop ?* »
- Puis demandez à votre enfant de les placer dans l'ordre de sa journée et affichez-les au fur et à mesure sur un mur de sa chambre. Dites-lui qu'il pourra ainsi s'y référer quand il le souhaite. Cela va l'aider à anticiper, se préparer et faire de mieux en mieux en étant toujours plus autonome.

Les conseils

- Au lieu de prendre des images sur internet, prenez votre enfant en photo lors de ses routines : il trouvera cette activité encore plus amusante !
- N'oubliez pas de faire évoluer l'affichage des rituels à mesure que votre enfant grandit !

La coopération et l'entraide

Pour contrebalancer la compétition et l'individualisme, les pédagogies alternatives font de la coopération et de l'entraide deux leviers pédagogiques afin que l'enfant ne soit pas seulement un être singulier, mais aussi un être social.

La pédagogie Freinet, par exemple, considère la coopération comme la colonne vertébrale de ses activités. Les intentions sont claires : permettre aux enfants de coopérer entre eux, de mieux se connaître, s'écouter et se respecter. En renforçant leur capacité à collaborer à travers des jeux et des actions communes, la coopération développe chez les enfants une stimulation et une motivation nouvelle.
Échanges et entraide participent donc au développement de la confiance et de l'estime de soi. Bien entendu, tout cela s'apprend !
Il ne s'agit pas seulement de collaborer lors d'un jeu en commun mais plutôt de s'entraider et de coopérer en s'écoutant.
Avoir besoin des autres, ce n'est pas une fragilité : c'est la preuve que l'on se connaît mieux et que l'on est prêt à écouter pour progresser.

Les activités proposées sont à la fois ludiques et imprégnées de ces valeurs, pour favoriser le développement harmonieux de votre enfant.

29 Pédagogie Freinet

Réaliser une *cup song*

dès 6 ans

Réaliser une chorégraphie musicale, une *cup song*, à plusieurs en utilisant les sons, les rythmes et les gestes, demande de la coordination et de la coopération. Ce dernier principe est à la base de la pédagogie Freinet. L'objectif de cette activité est d'initier votre enfant au rythme et à la coordination des gestes tout en créant ensemble avec des objets de la vie quotidienne.

Pour 2 personnes et plus

Matériel

- Des gobelets en plastique rigide

Acquisitions

- Coordination entre les gestes et les sons
- Coopération et entraide
- Initiation à la musique par des objets de la vie quotidienne

Préparation de l'activité

- Cette activité se fait à plusieurs et plus on est nombreux, plus c'est intéressant. Prévoyez donc de l'organiser lors d'une réunion de famille ou d'un goûter d'enfants.
- Choisissez une chanson ou une musique rythmée qui servira de support à l'exercice de percussions.

★ Déroulement de l'activité

- Donnez un gobelet à chaque enfant puis laissez-les se familiariser avec l'objet. Proposez-leur de trouver diverses actions possibles pour produire des sons différents : frapper le gobelet contre une table, taper dessus, le faire glisser, etc.
- Demandez ensuite aux enfants d'articuler les sons et les rythmes obtenus avec la musique choisie pour cette activité.
- Expliquez-leur que l'objectif est de coordonner les sons des gobelets avec la chanson mais aussi de se synchroniser entre eux pour que les différents rythmes soient harmonieux.

Le conseil

- Cette chorégraphie musicale utilisant des objets de la vie quotidienne est très ancienne et permet à chacun de s'exprimer et d'imaginer des coordinations nouvelles entre sons et gestes.

30

Pédagogie Freinet

Les chaises musicales coopératives

dès 4 ans

Les traditionnelles chaises musicales sont un jeu sportif d'élimination. À l'inverse, les chaises musicales coopératives sont une activité issue de la pédagogie Freinet qui met en lumière l'entraide et la coopération et non la compétition individuelle. L'objectif est bien d'apprendre à travailler ensemble pour un objectif commun, en l'occurrence, ici, se tenir tous ensemble sur l'unique chaise restante.

Pour 4 personnes et plus

Matériel

- Une chaise par enfant
- Une radio ou une enceinte

Acquisitions

- Coopération
- Solidarité et entraide
- Réflexion commune

Déroulement de l'activité

- Demandez aux enfants de disposer les chaises en cercle en plaçant les dossiers vers l'intérieur. Pour commencer, le nombre de chaises doit coïncider avec le nombre d'enfants.
- Expliquez-leur que but du jeu consiste à enlever un siège à chaque tour et de s'entraider pour que personne ne reste sans chaise. Dites-leur qu'ils réussiront en se soutenant et en coopérant, et non pas en éliminant un participant.
- Lancez la musique et demandez aux enfants de tourner autour des chaises. Arrêtez la musique quand vous le désirez, sans prévenir les enfants qui doivent alors trouver une solution pour que tout le monde soit assis. Un enfant peut se mettre sur les genoux d'un autre par exemple.
- Au début, c'est facile. Continuez d'enlever une chaise à chaque tour pour rendre le jeu plus complexe. À mesure des tours, les enfants doivent s'organiser et anticiper les situations. Ils se parlent, négocient, anticipent, préparent leurs soutiens.
- S'assurer que chacun a une place devient un véritable enjeu et ce n'est que par la coopération qu'ils y arriveront !

Le conseil

- Soyez attentif à ce que tous les participants jouent le jeu et qu'aucun enfant ne soit systématiquement éliminé par le choix des autres. En faisant plusieurs parties, vous pourrez observer et réparer toute discrimination.

31 Pédagogie Freinet

Devine de quoi je parle

dès 5 ans

Cette activité d'écoute et de coopération propose de développer les apprentissages langagiers à travers la description d'un objet et sa comparaison avec d'autres. Issu de la pédagogie Freinet, cet exercice nécessite un travail d'attention et de concentration pour comprendre l'autre. Cela ne crée donc pas de compétition mais plutôt une volonté d'entraide pour découvrir l'objet mystère par les comparaisons et les sens.

Pour 2 personnes et plus

Matériel

- Des objets de la vie quotidienne gardés secrets (ustensiles de cuisine, fournitures scolaires et artistiques, etc.)

Acquisitions

- Coopération
- Développement de l'écoute
- Apprentissage d'un vocabulaire approprié
- Mémorisation

Déroulement de l'activité

- Demandez aux 2 enfants de s'asseoir dos à dos.
- Choisissez un objet et posez-le devant le premier enfant. Le second ne le voit pas car il a le dos tourné. Dites-lui : « *Ne te retourne pas et écoute bien la description de l'objet mystère car tu vas devoir deviner ce que c'est.* »
- Dites à l'enfant qui a l'objet de le décrire le plus précisément possible, en choisissant bien ses mots. Il peut effectuer des comparaisons : « *L'objet mystère est lourd comme une pierre.* » ; « *Il est léger comme une plume.* » ou encore employer du vocabulaire sensoriel : « *L'objet mystère est froid et dur.* »
- Après un peu de réflexion, dites au second enfant de faire des propositions jusqu'à ce qu'il devine quel est cet objet.
- Expliquez aux enfants que si l'objet est trouvé, les 2 joueurs ont gagné : l'un a bien su expliciter, et le second a réfléchi et utilisé ses connaissances pour parvenir à la solution.

Le conseil

- Cette activité langagière et de coopération est une piste vers le développement de l'argumentation et de l'observation minutieuse des choses qui nous entourent.

32 Pédagogie Freinet

Élaborer une correspondance

dès 6 ans

Ce besoin de communiquer avec les autres à travers la correspondance écrite perdure, bien que celle-ci ait changé au cours des âges. Utilisée par la pédagogie Freinet, elle permet un apprentissage de l'écrit nécessaire et motivant, une compréhension de l'autre, un développement de la curiosité et de l'ouverture d'esprit. C'est un moyen de mieux se connaître en exprimant ses sentiments, ses émotions et ses convictions.

Matériel

- Des feuilles format A4
- Un stylo

Acquisitions

- Apprentissage de l'écrit
- Coopération
- Ouverture à l'autre
- Capacité d'écoute et respect

Déroulement de l'activité

- La correspondance épistolaire peut paraître vieillotte, et pourtant ! Quel plaisir pour un enfant de recevoir une carte ou une lettre avec son nom, rien que pour soi. Quand il sera plus grand, il utilisera certainement un smartphone mais tout l'intérêt de cette correspondance est d'appréhender le dialogue écrit dans ses différentes formes.
- Pour que votre enfant s'engage dans une correspondance, il convient de partir de situations concrètes. Pourquoi, par exemple, ne pas entreprendre une correspondance écrite avec un cousin ou un ami qu'il apprécie ? Les grands-parents sont également de bons correspondants !
- Une fois l'interlocuteur choisi, demandez à votre enfant comment il compte s'y prendre : que va-t-il écrire, avec quoi, sur quel support ? Votre enfant saura très vite trouver un sujet qui va plaire à son interlocuteur.
- Par exemple, il peut raconter un jeu ou parler d'un jouet qu'il vient de recevoir. Aidez votre enfant à écrire des éléments concrets : « *Pourquoi ne pas raconter ta journée ? Ou la promenade en forêt que nous venons de faire ?* »
- Votre rôle dans cette activité est de motiver votre enfant, de l'aider à écrire sur ce qui l'intéresse et ce qu'il ressent.

- Expliquez à votre enfant que l'intérêt de cette correspondance est d'instaurer un dialogue et qu'il doit donc manifester de l'intérêt pour son interlocuteur. Rappelez-lui de lui poser des questions : « Et toi, que fais-tu ? Tu as eu quoi à ton anniversaire ? Et dans ta classe, comment s'appellent tes copains ? »
- Une correspondance qui fonctionne est une correspondance qui se poursuit avec l'envie de mieux connaître l'autre, de savoir ce qu'il fait mais aussi de lui raconter nos propres activités.

Le conseil

- La correspondance est un outil majeur de communication qui permet de montrer à votre enfant les points communs et les différences avec une communication orale.

33 Pédagogie Decroly

Dessine ce que je te dis

dès **6** ans

La solidarité et l'entraide se conjuguent avec l'écoute des autres. L'objectif de cette activité est de bien écouter son partenaire pour comprendre ce qu'il dit. Il n'y a pas de gagnant ni de perdant mais plutôt 2 joueurs qui travaillent ensemble pour s'écouter, se comprendre et s'entraider. Issue de la pédagogie Decroly, ce « Dessine ce que je te dis » permet de développer un vocabulaire approprié pour retrouver les caractéristiques d'une image choisie. Savoir dire ce que l'on voit s'articule avec la capacité à comprendre ce que l'autre veut nous dire.

Pour 2 personnes et plus

Matériel

- Des livres illustrés
- Des feuilles format A4
- Un crayon

Acquisitions

- Coopération et entraide
- Écoute
- Traitement de l'information

Déroulement de l'activité

- Demandez à un enfant de choisir une image dans un livre (par exemple un paysage ou un personnage) sans que l'autre enfant ne regarde. Dites-lui de ne pas montrer à l'autre enfant l'image ou le livre dans lequel il l'a choisi car cela serait un indice trop important.
- Ensuite, demandez-lui de décrire l'image au second enfant, qui lui devra dessiner ce qu'il entend. Les indications doivent donc être le plus précises possible pour que le dessin soit ressemblant.
- Dites aux enfants qu'ils peuvent s'entraider. Ainsi le premier peut par exemple dire à l'autre : « *Fais la montagne plus haute, il y a un troupeau de moutons à tel endroit.* » ou bien, pour un personnage : « *Ses cheveux sont bruns et courts, il est représenté sur un cheval.* »
- Une fois que les enfants pensent avoir terminé, c'est le moment de dévoiler le résultat ! Proposez-leur de confronter le dessin et l'image originale et d'observer ensemble les ressemblances et les différences.

Les conseils

- Il convient de garder un esprit bienveillant lors de la comparaison entre le dessin et l'image pour voir ce qui est ressemblant et ce qui ne l'est pas.
- Ce jeu coopératif ne connaît pas de perdant, et permet de plus d'inverser les rôles.

34 Pédagogie *Forest schools*

La branche magique

dès 5 ans

Les enfants aiment bouger et courir. Les jeux dynamiques permettent de canaliser leur énergie tout en proposant des activités collaboratives. La pédagogie des *Forest schools* utilise une multitude d'activités et de jeux permettant d'agir ensemble, et la forêt est l'espace idéal pour ce type d'exercice. La « branche magique » aide à prendre conscience de la nécessité d'être ensemble et de communiquer pour atteindre un objectif commun. Ainsi, soulever une branche est souvent impossible seul, mais on y parvient en unissant réflexion et force.

Pour 2 personnes et plus

Matériel

- Une branche longue (plus d'un mètre), non dangereuse et d'un poids raisonnable (qui ne risque pas d'écraser un pied)

Acquisitions

- Coopération
- Cohésion
- Communication verbale

Déroulement de l'activité

- Amenez les enfants autour de la branche et expliquez-leur : « *Vous allez essayer de soulever cette branche tous ensemble. Mais il y a une condition : vous ne pouvez la toucher qu'avec 2 doigts maximum !* »
- L'exercice est complexe car il demande aux différents membres de l'équipe de se coordonner. Plus les enfants sont nombreux, plus ils doivent communiquer pour trouver un équilibre : « *Ne bouge pas.* », « *Lève un peu.* », etc.
- La difficulté est de synchroniser les différentes pressions des doigts sur la branche pour la soulever. Les enfants vont donc petit à petit apprendre à se parler pour lever puis reposer la branche.

Le conseil

- Distribuer les efforts et synchroniser les mouvements sont des apprentissages moteurs qui demandent de l'attention et de la concentration. C'est aussi un moyen de percevoir que ce qui aurait été difficile, voire impossible seul, apparaît plus facile à plusieurs.

35

Pédagogie Decroly

La causerie

dès 6 ans

Dans la pédagogie Decroly, la causerie remplace la surprise (voir activité 49 p. 112) pour les enfants à partir de 6 ans. La causerie n'est pas tant un exposé mais plutôt une activité de réflexion, de coopération et de communication. Elle s'appuie sur la recherche de documents de toutes sortes (textes, photos, objets) qui permettront de faire comprendre à d'autres enfants le thème choisi. La causerie se fait sur un sujet qui motive les enfants pour qu'ils échangent, expliquent et précisent ce qui leur tient à cœur.

Pour 2 personnes et plus

Aucun matériel nécessaire

Acquisitions

- Initiation à la recherche
- Développement de la communication et du langage oral
- Coopération

Déroulement de l'activité

- La causerie est avant tout un travail de recherche. Il convient donc de demander à votre enfant quel thème l'intéresse et comment il pourrait chercher à en savoir plus pour, ensuite, rapporter à l'oral le plus clairement possible ses découvertes. Expliquez-lui que c'est un peu comme s'il se mettait dans la peau d'un journaliste.
- Proposez-lui des thèmes liés à sa vie quotidienne : « *Comment les enfants allaient-ils à l'école autrefois ? Que mangeait-on à une autre époque ? Pourquoi les dents tombent-elles ? Comment naissent les bébés ?* »
- La seconde étape, après le choix du thème, est de savoir comment et où chercher des informations. C'est l'occasion de consulter les livres documentaires, les dictionnaires pour enfants, les sites d'éveil scientifique... Comme les informations sont souvent très nombreuses et pas toujours compréhensibles, il est important que vous accompagnez votre enfant dans ses recherches.
- L'étape d'élaboration de la causerie est aussi un moment important : comment raconter ce que l'on a découvert ? Dites à votre enfant qu'il peut faire un dessin, raconter à sa façon et montrer des images ou des photos.
- Vient le moment pour votre enfant de faire sa causerie. Il ne s'agit pas pour lui de tout dire mais de montrer et raconter ce qu'il a vu, compris ou non devant vous, le reste de la famille ou encore ses amis.
- S'engage ensuite une discussion avec les auditeurs : « *Qui n'a pas compris quelque chose ? Peux-tu préciser tel point ?* » Là encore, c'est le dialogue qui est important. Cette recherche et cette forme de communication montrent à votre enfant qu'il ne sait pas tout, qu'il doit demander aux autres et que l'on peut l'aider.

Le conseil

- Grâce à cette activité, votre enfant comprend comment il pourra, une prochaine fois, exprimer plus clairement les choses. Se faire comprendre est primordial pour être avec les autres et se sentir bien.

36 Pédagogie Decroly

La fresque collaborative

dès 6 ans

L'objectif de cette activité est de permettre aux enfants de coopérer pour réaliser une production plastique collective. Le plaisir d'être ensemble se conjugue avec celui de faire quelque chose en commun. La pédagogie Decroly pratique cette activité pour permettre aux enfants de mieux se connaître et d'être capables de réfléchir et d'agir ensemble. C'est une négociation permanente qui demande de l'écoute, du respect et parfois des compromis.

Pour 2 personnes et plus

Matériel

- Une feuille, la plus grande possible (par exemple l'envers d'une nappe en papier)
- De la gouache
- Des pinceaux de diverses tailles
- Des rouleaux

Acquisitions

- Coopération
- Créativité
- Confiance en soi et en autrui
- Communication positive

Déroulement de l'activité

- Commencez par fixer la grande feuille sur un mur ou un sol, en extérieur. Demandez aux enfants de réfléchir ensemble à ce qu'ils pourraient peindre en leur expliquant que l'objectif n'est pas que chacun fasse un dessin dans son coin mais plutôt qu'ils créent ensemble une véritable fresque participative et collaborative.
- La première étape importante est donc le choix du thème de la fresque. Chacun doit pouvoir s'exprimer. Il n'y a pas de bonne ou de mauvaise idée et un consensus doit être trouvé.

- Lorsque le choix est fait, aidez les enfants à se répartir les tâches selon leurs envies et leurs compétences. Si la fresque est verticale, les plus grands aideront les plus petits. Une répartition doit aussi se faire dans les éléments à peindre : « *Qui fait le fond ?* » (c'est plus facile pour les plus jeunes), « *Qui dessine les maisons ?* », etc.
- Le plaisir de peindre en grand format est toujours un moment fort, et pouvoir le faire ensemble crée une agréable dynamique. Le résultat sera une composition originale représentative du travail de tous.

Les conseils

- Les enfants auront élaboré une fresque tous ensemble, vous pouvez donc leur proposer de tous la signer.
- Une fresque collaborative peut se transformer en fresque participative en demandant à ceux qui la regardent d'y ajouter un élément pour en faire une œuvre vivante en perpétuelle construction, comme certaines œuvres de *street art*.

37 Pédagogie Écoles démocratiques

La conversation téléphonique

dès 5 ans

Imaginer une conversation est un exercice complexe qui met en regard des interlocuteurs, un contexte, et un scénario. Pour une bonne compréhension de tous, la communication orale à distance nécessite d'être claire et précise afin d'éviter les malentendus. Cette activité, issue de la pédagogie des Écoles démocratiques, offre aux enfants la possibilité de coopérer pour mieux comprendre une conversation téléphonique à partir d'indices donnés par un des interlocuteurs. L'apprentissage de la compréhension orale est essentiel pour la communication.

Pour 2 personnes et plus

Matériel

- Des morceaux de papier
- Un stylo

Acquisitions

- Coopération
- Argumentation
- Compréhension orale

Préparation de l'activité

- Commencez par inscrire sur les morceaux de papier des sujets de conversation possibles. Par exemple, un enfant demande à un copain de le rejoindre à la piscine, quelqu'un qui veut prévenir qu'il sera en retard à un rendez-vous chez le coiffeur, etc.
- Placez ensuite les cartes retournées sur une table, de sorte que le sujet ne soit pas visible.

Déroulement de l'activité

- Dites au premier enfant de tirer une carte au hasard. Expliquez-lui qu'il doit faire comme s'il discutait avec un interlocuteur au téléphone et que les autres participants doivent deviner l'histoire à partir du discours entendu. Précisez à l'enfant qu'il doit jouer uniquement son rôle, et non celui de son interlocuteur.
- Laissez-lui quelques minutes de réflexion pour construire son scénario.
- Indiquez aux autres participants qu'ils doivent imaginer ce que dit l'interlocuteur fictif pour retracer la conversation.
- Une fois le sujet de discussion trouvé, échangez les rôles !

Les conseils

- Il s'agit d'une activité d'écoute mais aussi d'interprétation car l'intonation de votre enfant va donner du sens à ses paroles.
- Cet exercice peut ouvrir une discussion sur le risque de croire trop vite quelque chose que l'on entend sans avoir tous les éléments.

38

Pédagogie Steiner

Le fin mot de l'histoire

dès 5 ans

Ce jeu d'écriture collectif est un moyen de collaborer de façon ludique pour créer une histoire. La composition de phrases qui se suivent nécessite un travail d'improvisation, d'imagination et de cohérence. Utilisée par de nombreuses pédagogies alternatives et en particulier la pédagogie Steiner, cette activité favorise la structuration d'une histoire ou d'un scénario à plusieurs.

Matériel

- Des feuilles format A4
- Des crayons

Acquisitions

- Créativité
- Imagination
- Coopération
- Développement langagier et écrit

Déroulement de l'activité

- Demandez aux enfants de s'asseoir autour d'une table avec des crayons. La consigne est simple : « *Vous allez inventer une histoire en ajoutant à tour de rôle une nouvelle phrase.* » Laissez-leur la liberté d'écrire ce qu'ils ont envie.
- Choisissez l'enfant qui va commencer et précisez ensuite : « *Réfléchissez bien à ce que vous allez écrire, car il va falloir à chaque fois continuer l'histoire pour créer un roman avec des personnages et des situations !* »
- Progressivement, l'ajout d'une phrase va transformer ce que l'enfant précédent a écrit. Chacun peut prendre son temps pour réfléchir à sa phrase, l'écrire et la lire ensuite à voix haute avant de passer la feuille au suivant.
- Chacun découvre ainsi, phrase après phrase, l'histoire commune qui est en train d'être créée. Très vite, l'humour prend le dessus car l'histoire qui se forme peut être un peu farfelue !
- Y a-t-il une fin ? Ce sera aux petits scénaristes de le décider car il y aura sûrement une seconde saison !

Le conseil

- Cette activité peut aussi être déclinée en un jeu graphique au cours duquel les enfants créent petit à petit une histoire en dessinant ; une sorte de fresque collaborative mais qui suit l'imagination successive de chacun.

39

Pédagogie Mason

Réaliser un *lapbook*

dès 6 ans

Réaliser un livre objet, ou *lapbook*, est une activité qui nécessite de la créativité, de l'imagination et un travail collectif. Issue de la pédagogie de Charlotte Mason, mais également de la pédagogie Montessori, cette activité permet un apprentissage ludique par les livres (et en particulier par les contes dans la pédagogie Mason). Avec le *lapbook*, le travail coopératif se concrétise par un travail artistique.

Pour 2 personnes et plus

Matériel

- Des feuilles format A4
- Des crayons de couleur
- De la colle
- Une paire de ciseaux
- Des documents sur un sujet choisi
- Un ordinateur, une imprimante si besoin

Acquisitions

- Créativité
- Recherche
- Coopération
- Mémorisation

Déroulement de l'activité

- Commencez par demander aux enfants : « *Sur quel sujet pourrions-nous faire ce livre ?* » Proposez des sujets liés à leur vécu comme les fleurs, les plantes du jardin, les animaux de compagnie…
- Avec les plus grands, il est aussi possible de proposer un travail sur un personnage historique, une ville ou une planète. Les sujets sont infinis, mais il convient de bien prendre le temps d'en choisir un qui ne soit ni trop difficile à comprendre, ni trop éloigné de leurs préoccupations.
- Ensuite vient le moment des questionnements. Proposez votre aide pour prendre des notes et, si besoin, aidez-les à s'interroger sur le sujet choisi : « *Qu'a fait ce personnage ?* » ; « *Où se trouve cette ville ?* » ; « *Comment reconnaître cette planète ?* »
- Après ce temps d'échange, proposez-leur de commencer les recherches. Rappelez-leur qu'il faudra élaborer le *lapbook* avec des documents différents : « *Pensez aux dessins, à des petits textes, un article de journal, des photos et même des objets, comme une feuille d'arbre peut-être.* »
- Le *lapbook* doit permettre de comprendre le sujet mais également proposer des pages animées qui reflètent les discussions et le travail collaboratif des participants.

Le conseil

- Lors du travail coopératif, observez les enfants : leurs rôles s'organisent parfois de manière très précise. L'un sera peut-être plus dans la conception, l'autre dans les découpages pour préparer les pages du *lapbook*. Chacun s'affaire selon ses envies, ses affinités et ses compétences.

40

Pédagogie Freinet

dès 6 ans

Apprendre à faire des messages clairs

Issus de la pédagogie Freinet, les messages clairs sont une technique de prévention et de résolution des petits conflits. Ils s'inscrivent dans une démarche de communication non-violente car ils exigent de la transparence dans les intentions et une argumentation développée. Cette activité nécessite de l'écoute, de l'empathie et de la responsabilité.

Aucun matériel nécessaire

Acquisitions

- Responsabilité
- Écoute des autres
- Empathie
- Structuration de la pensée

Déroulement de l'activité

- Vous pouvez avoir recours au message clair lorsqu'un léger incident ou différend survient entre deux personnes. Son utilité est de permettre à la personne qui se sent lésée par la situation d'exprimer son ressenti à l'autre en respectant un cadre précis de communication.
- Notez qu'il est important d'attendre que la contrariété se soit atténuée avant de procéder au message clair. On ne peut pas parler explicitement lorsque l'on est submergé par une émotion.
- Au moment venu, dites à l'auteur du message clair d'inviter l'autre en employant cette formule : « *J'ai un message clair à te dire. Es-tu prêt à m'écouter ?* »
- Ensuite, demandez aux deux protagonistes de se parler et de s'écouter, face à face. Dites-leur qu'il faut expliquer ce qui ne va pas et exprimer son ressenti. Par exemple : « *Je n'ai pas aimé quand tu as jeté mon dessin par terre. Je me suis senti triste et en colère.* »
- Puis il convient de préciser ce que l'on veut, ou de demander une réparation. Votre enfant peut donc préciser : « *J'aimerais que tu arrêtes maintenant. J'ai besoin d'être seul pour pouvoir refaire un dessin.* »
- Le message clair se termine par une vérification « *As-tu compris ce que je viens de dire ?* »

Les conseils

- Apprendre à formuler des messages clairs est un vrai moyen de réduire le stress car il permet une gestion efficace des petits différends qui surgissent parfois au quotidien.
- Cet outil de résolution des conflits n'est pas uniquement destiné aux enfants, n'hésitez pas à l'employer vous aussi !

41

Pédagogie Freinet

Le train solidaire

dès 4 ans

Les jeux coopératifs issus de la pédagogie Freinet favorisent l'entraide et la solidarité dans le jeu, en opposition à la compétition. Cette activité propose une pratique de solidarité et d'entraide propice au développement de l'empathie et du travail en commun.

Pour 6 personnes et plus

Aucun matériel nécessaire

Acquisitions

- Coopération
- Solidarité
- Motricité

Préparation de l'activité

- Repérez au préalable un lieu de pleine nature offrant un espace relativement grand : parc, forêt, champ… Il serait dangereux de réaliser l'activité en intérieur.

Déroulement de l'activité

- Demandez aux enfants de se répartir par groupes de 3 ou 4. Pour chaque groupe, demandez aux enfants de choisir qui se met devant pour être la locomotive. Les autres enfants sont alors les wagons.
- Précisez bien la consigne : « *Les wagons doivent fermer les yeux et se laisser guider par la locomotive !* ».
- L'enfant qui joue la locomotive doit bien être en contact avec les autres joueurs de son groupe, cela permet ainsi l'apprentissage de la solidarité. Il doit être attentif pour que les autres enfants puissent suivre le rythme et la trajectoire sans tomber ni décrocher.
- C'est parti ! Chaque train commence son itinéraire. Mais si la locomotive guide, les wagons ne font pas que suivre : sans eux, le train n'existe pas. Chacun doit se faire confiance et bien s'écouter.
- Demandez aux enfants de bien communiquer entre eux, c'est cette solidarité qui fera que le train ne se disloquera pas.
- Vous pouvez proposer un parcours mais vous pouvez aussi laisser chaque groupe véhiculer dans l'espace. Les groupes qui « gagnent » sont ceux qui auront su rester solidaires.

Le conseil

- Cette activité montre aux enfants qu'il n'y a pas un « premier de cordée » devant, seul, sans lien avec les autres. La solidarité est un apprentissage essentiel pour leur future vie d'adulte.

42 Pédagogie Écoles démocratiques

La communication non-violente

dès 6 ans

La communication non-violente est un outil pour développer l'estime de soi et les liens avec les autres. Comme toutes les pédagogies alternatives, celle des Écoles démocratiques attache une grande importance à la régulation des conflits par l'écoute et le respect. L'objectif ici est de se familiariser avec les 4 éléments d'une communication non-violente : l'observation, la connaissance de ses sentiments, de ses besoins et de ses attentes.

Matériel

- Un album jeunesse de votre choix

Acquisitions

- Écoute
- Confiance en soi et dans les autres

Déroulement de l'activité

- L'activité peut se dérouler à partir d'un conflit relaté dans un album jeunesse ou tout simplement à travers le récit d'un conflit vécu par votre enfant. Le fait qu'il exprime un des multiples petits conflits qui égrainent sa journée avec les autres est normal et propice à l'introduction d'une réflexion sur la communication non-violente.
- Après le récit qu'il a pu faire du conflit en question, ou au cours de l'histoire que vous avez choisie, proposez-lui de « décortiquer » les éléments du conflit.
- Demandez-lui tout d'abord ce qu'il en pense : « *Pourquoi me racontes-tu ça ? Qu'en penses-tu ? Quelqu'un a-t-il raison d'après toi, et pourquoi ?* ».
- La première étape consiste à bien définir les différents éléments de la situation pour se demander ensuite si tous les protagonistes ont eu l'occasion de donner leur version des faits. Ont-ils tous été écoutés ?
- Puis vient la question de ses propres sentiments. Pourquoi a-t-il été ému par cette critique ou ce conflit ? Pourquoi en faire une affaire personnelle ? C'est une étape très délicate pour les enfants, comme pour de nombreux adultes d'ailleurs, mais qui mérite d'être discuté.
- Aidez maintenant votre enfant à éclairer le contexte du conflit : ne vient-il pas de ce qui n'a pas été dit ? Y avait-il déjà eu un conflit avant ? Bref, chacun n'a-t-il pas fait de suppositions hâtives ?
- Enfin, aidez votre enfant à relativiser. Ce conflit est-il si grave ? Comment parvenir à prendre du recul ? C'est complexe pour un enfant qui prend à cœur les choses ! Il doit prendre conscience que si l'on est clair et qu'on ne cherche pas à blesser l'autre inutilement, tout en cherchant soi-même à faire de son mieux, la plupart des conflits seraient réduits.

Le conseil

- La communication non-violente peut être utilisée à de maintes reprises. Peut-être pourriez-vous donner à votre enfant un exemple personnel que vous avez vécu !

L'éveil sensoriel

L'éveil sensoriel est un axe majeur du développement des enfants et rend possible une harmonie du corps et de l'esprit. Les pédagogies alternatives insistent sur la nécessité d'intégrer dans le processus de développement d'un enfant des apprentissages intellectuels, corporels et émotionnels. L'éveil sensoriel par l'écoute, la vue, le goût, l'odorat et le toucher est partie prenante de l'épanouissement et de la construction d'une personnalité ; et la coordination du corps et de l'esprit se situe à la base de cet éveil multisensoriel.

Les activités proposées mettent en lumière le rôle primordial qu'ont l'environnement, la manipulation, l'expérimentation ainsi que le jeu dans cet éveil. Véritable moteur de motivation, le jeu permet à l'enfant de développer un intérêt accru pour tous ces apprentissages sensoriels. En sécurité grâce à votre accompagnement bienveillant, votre enfant a soif d'apprendre et de développer ses sens. C'est par l'observation et l'écoute attentive qu'il percevra toutes ses capacités pour mieux se connaître et comprendre le monde qui l'entoure.

43

Pédagogie Montessori

Le jeu de Kim

dès 3 ans

Décrit par Rudyard Kipling dans son livre *Kim* en 1901, ce jeu de mémorisation est avant tout un exercice pour développer les sens. Présent dans la plupart des pédagogies alternatives, il est un moyen d'observer, d'identifier et de mémoriser grâce au toucher, à l'odorat, à l'ouïe et au goût. Il s'agit d'une activité qui concentre une multitude de compétences liées à l'expérimentation et à des reconnaissances sensorielles multiples. Cette activité propose de faire le jeu de Kim à deux pour développer la vue.

Matériel

- 16 objets de la vie quotidienne (crayon, gomme, couverts...) et de la nature (marron, petite pierre, coquillage, etc.)

Acquisitions

- Mémorisation
- Éveil sensoriel
- Sens de l'observation

★ Déroulement de l'activité

- Demandez à votre enfant de collecter des petits objets de la vie quotidienne : « *Peux-tu choisir 16 petits objets de la maison pour que nous commencions à jouer ?* » Puis demandez-lui de disposer les objets en formant des lignes et des colonnes de 4 objets sur 4.
- Dites-lui de bien observer le résultat afin de mémoriser les objets et leur place. Demandez-lui ensuite de se cacher les yeux pour que vous puissiez modifier la disposition.
- Changez ainsi un ou deux objets de place, ou bien remplacez-les par un autre objet encore non utilisé.
- Expliquez à votre enfant qu'il doit retrouver ce qui a changé et a été modifié. Pour l'aider, posez-lui des questions : « *Vois-tu des changements ? Des objets ont-ils disparu ? Certains ont-ils une autre place ?* »
- Il ne s'agit bien entendu pas d'épuiser votre enfant mais plutôt de rendre l'apprentissage fondamental qu'est l'observation ludique et amusant.

Le conseil

- Le jeu de Kim utilise un sens à la fois. Vous pouvez donc y jouer avec la vue, comme dans cette activité, en utilisant des petits objets quotidiens ou encore des cartes à jouer, mais aussi avec l'odorat, le goût ou le toucher.

44 Pédagogie Decroly

Le jeu des odeurs

dès **4** ans

La pédagogie Decroly utilise de façon privilégiée les jeux pour développer certains apprentissages de manière ludique. Cette activité, construite par l'enfant lui-même, vise à développer son odorat. Odeurs familières, singulières, agréables ou désagréables… Cette initiation va permettre à votre enfant d'identifier et de décrire une odeur et d'être capable d'exprimer son ressenti.

Matériel

- 12 pots de yaourts vides
- 12 odeurs de la vie quotidienne ou facilement reconnaissables : café, chocolat, orange, poivre, ail, oignon, menthe, pomme, cannelle, citron, thym, sauge…
- Un crayon à papier
- 12 bandes de papier de 2 x 10 cm
- 12 carrés de papier de 5 x 5 cm
- Du ruban adhésif
- Un cure-dents

Acquisitions

- Éveil olfactif
- Mémorisation
- Expression des ressentis

Préparation de l'activité

- Avec votre enfant, numérotez chaque bande de papier de 1 à 12 et collez-en une par pot, sur le côté.
- Remplissez chaque pot avec un ingrédient. Précisez-lui comment faire ressortir l'odeur des ingrédients utilisés, par exemple : « *Tu peux écraser l'ail avec une cuillère pour plus d'arômes ou friper la menthe fraîche.* »
- Refermez les pots avec les carrés en papier et du ruban adhésif puis percez les couvercles à plusieurs reprises à l'aide du cure-dents.

L'éveil sensoriel

Déroulement de l'activité

- Demandez à votre enfant de prendre les pots un à un afin de les secouer et surtout de les sentir : « *Que sens-tu ? Est-ce agréable, désagréable, fort, doux ?* » Proposez-lui d'émettre une hypothèse sur la nature de l'odeur et de l'écrire sur le pot.
- Si votre enfant trouve cela trop difficile, donnez-lui la liste des arômes qu'il doit retrouver afin de l'aider.
- Lorsque votre enfant a senti tous les pots, donnez-lui les résultats. Discutez avec lui de ses ressentis : « *As-tu déjà senti cette odeur ou pas ? Cela te rappelle-t-il quelque chose, un objet, un plat ou un lieu ? Comment as-tu reconnu cet arôme ?* »

Les conseils

- Seul ou à plusieurs, ce jeu des odeurs est pour lui l'occasion d'exercer son odorat.
- Lors d'une promenade, n'hésitez pas à faire prendre conscience à votre enfant que différents parfums peuvent surgir comme par exemple des odeurs d'humus en forêt, de fleurs d'acacia, de jasmin, d'herbe mouillée, d'asphalte chaud…

45 Pédagogie Montessori

Le nuancier de couleurs

dès 4 ans

L'objectif de cette activité est de faire découvrir à votre enfant les couleurs primaires ainsi que différentes nuances de couleur en réalisant sa propre boîte de couleurs. Cet éveil sensoriel est une base incontournable pour toutes les activités artistiques. La pédagogie Montessori, soucieuse de permettre aux enfants d'expérimenter de façon autonome, utilise des coffrets de tablettes chromatiques. De son côté, la pédagogie Steiner privilégie le rôle de la symbolique des différentes teintes et leur lien avec nos émotions.

Matériel

- Une palette de gouache
- Un verre avec de l'eau
- Un pinceau fin
- Un pinceau large
- Une grande feuille de type papier Canson®

Acquisitions

- Apprentissage des couleurs et du cercle chromatique
- Éveil sensoriel visuel
- Sens de l'observation
- Autonomie
- Concentration

Déroulement de l'activité

- Commencez par montrer à votre enfant les trois couleurs primaires : le rouge, le jaune et le bleu. Dites-lui qu'à partir de ces couleurs, il peut créer toutes les teintes voulues.
- Demandez à votre enfant de diviser la feuille de papier en 6 parties, soit 2 colonnes de 3.
- Dites ensuite à votre enfant de peindre les cases de la première colonne en rouge, jaune et bleu avec le pinceau large.
- Puis demandez-lui de peindre une case en mélangeant du rouge et du bleu ensemble. Expliquez-lui qu'il vient d'obtenir du violet, une couleur secondaire.
- Ensuite, demandez-lui : « *Peux-tu mélanger le jaune avec le bleu ? Quelle couleur vois-tu ?* » Le résultat, le vert, permettra de peindre une deuxième case de la seconde colonne.
- Enfin, dites-lui de mélanger le rouge et le jaune et demandez-lui : « *Qu'obtiens-tu ?* » Demandez-lui de peindre avec le orange la troisième case de la seconde colonne.
- Expliquez-lui qu'à partir de ce tableau chromatique des couleurs primaires et secondaires, tout est possible. Il peut créer de multiples nuances et des couleurs dites tertiaires apparaissent. Demandez-lui ce qu'il pense de ces résultats.

Les conseils

- Cette première activité avait pour but de faire connaître à votre enfant les couleurs de base. Maintenant, à lui de jouer et de multiplier les nuances et les couleurs au gré de ses envies.
- Pour l'aider à se souvenir des couleurs obtenues, demandez-lui par exemple quelle émotion cela lui procure lorsqu'il voit un jaune solaire, un gris sombre, une nuit anthracite, un vert olive ou un vert prairie. Les couleurs sont ce que l'on voit mais aussi ce que l'on ressent.

46

Pédagogie *Forest schools*

L'écoute attentive

dès 5 ans

L'écoute attentive nous montre la richesse et la multitude de bruits et sons qui rythment notre quotidien sans que nous y prêtions attention la plupart du temps. Il ne s'agit pas de chercher des sons « exceptionnels » mais plutôt d'écouter les bruits, les sons, les musiques et les silences de la vie. Être à l'écoute de son environnement, comme le propose la pédagogie des *Forest schools*, c'est prendre conscience de sa propre existence dans l'espace et avec les autres. L'écoute attentive est une activité primordiale pour se construire, développer l'expression de ses sens et de ses émotions.

Aucun matériel nécessaire

Acquisitions

- Éveil sensoriel par l'écoute
- Concentration
- Connaissance de soi

Déroulement de l'activité

- Prenez le temps de trouver un espace propice à l'écoute. Il ne faut pas nécessairement que cela soit dans la nature, cela peut aussi être dans votre jardin ou dans votre cuisine.
- Dites à votre enfant de bien s'installer dans une position dans laquelle il se sent à l'aise. Demandez-lui : « *Préfères-tu être sur une chaise, sur le canapé ou par terre ? Trouve une position qui te convient et qui te permettra de ne pas trop bouger ni d'être dérangé.* »
- Faites cette activité avec lui : vous pourrez ainsi comparer vos ressentis et dialoguer autour des bruits et des sons entendus.
- Expliquez-lui que l'objectif est maintenant d'être attentif et à l'écoute, sans pour autant arrêter de respirer ! Les mains et le corps sont dans des positions immobiles mais ne doivent pas être rigides : « *Tu peux légèrement bouger si tu estimes cela nécessaire* ».
- Annoncez à votre enfant le temps que va durer l'activité et pensez à lui signifier son début et sa fin. Ce moment peut durer de 5 à 15 minutes maximum. Vous pouvez si vous le souhaitez rythmer cette activité grâce à un sablier.
- Dites ensuite à votre enfant : « *Maintenant faisons le silence et écoutons ensemble, yeux fermés pour être plus concentrés.* » Expliquez-lui que pendant cette phase, l'objectif est simplement d'écouter.
- À l'issue de cette écoute, prenez le temps de discuter et d'échanger sur les différents bruits, les silences et sur vos ressentis.

Le conseil

- Cette activité n'est pas de la méditation (comme nous le verrons dans une autre activité) mais un moment pour écouter. Pourtant, vous pourrez peut-être observer que cette « musique de l'environnement » a un effet sur votre corps et votre esprit.

47

Pédagogie Reggio

Le jeu du miroir

dès 3 ans

Le miroir est un objet magique. Pouvoir observer son visage est, pour l'enfant comme pour l'adulte, un moment de découverte et de connaissance de soi. C'est un temps de réflexion sur la façon doit on se voit, ou dont on voudrait se voir. La pédagogie Reggio utilise le miroir dans de très nombreuses activités, il reflète les actions et offre un espace de découverte de soi.

Matériel

- Un miroir qui permet à votre enfant de se regarder de la tête aux pieds

Acquisitions

- Éveil sensoriel
- Expression corporelle
- Concentration
- Connaissance de soi

★ Déroulement de l'activité

- Demandez à votre enfant de se mettre devant le miroir et de s'observer. Peut-il se décrire ? Se voyait-il comme ça ? Est-il surpris ou pas ?
- Demandez-lui après ce temps d'observation comment peut-il et veut-il exprimer, avec son visage et en se regardant dans le miroir, la joie, la tristesse ou encore la colère ?
- Puis demandez-lui de le faire avec tout son corps. Dites-lui d'accentuer les gestes et les mimiques, par exemple celles de fatigue et d'étonnement. Tous ses membres (visage, bras, cou, yeux, jambes) vont entrer en action pour une expression corporelle personnelle.
- Tout en le regardant dans le miroir, demandez à votre enfant si cela reflète bien ce qu'il veut montrer.
- Proposez ensuite à votre enfant une série de « saynètes » qu'il doit reproduire : « *Mime devant le miroir comment tu fais ta toilette, comment tu te brosses les dents ou comment tu te coiffes.* » Les possibilités sont infinies.
- Cette activité va lui permettre de mieux se connaître, de s'exprimer et de mettre en cohérence son corps avec ce qu'il veut dire ou faire. C'est un éveil des sens et du corps.

Le conseil

- Le jeu du miroir peut se faire sans miroir ! Il se joue alors à deux : l'un imite les gestes de l'autre car il est le miroir. Le miroir doit suivre le plus précisément possible les mouvements.

L'histoire à la chaîne

dès **5** ans

L'histoire à la chaîne est une activité ludique d'éveil par l'écoute. Au-delà du jeu, c'est une illustration de la communication et de la nécessité d'être à l'écoute de son interlocuteur afin de mieux comprendre l'autre. Les pédagogies alternatives, et en particulier celle des Écoles démocratiques, attachent une grande importance aux apprentissages liés à la communication et aux interactions. C'est un excellent moyen de comprendre qu'une communication orale met aussi en place toute une série d'interactions gestuelles et de tonalités de voix.

Aucun matériel nécessaire

Acquisitions

- Éveil sensoriel par l'écoute
- Concentration

Déroulement de l'activité

- Cette activité se mène à plusieurs et même au plus grand nombre possible. Profitez d'un moment en famille ou lorsque votre enfant est avec plusieurs de ses amis pour la proposer.
- Mettez les enfants en ligne en laissant environ un mètre de distance entre eux. Choisissez le joueur qui va commencer et demandez-lui de trouver une phrase qu'il devra dire le plus distinctement possible au joueur suivant, tout en chuchotant pour que les autres n'entendent pas : « *Peux-tu dire cette phrase en la chuchotant mais en essayant de bien la prononcer ?* ».
- Expliquez que l'objectif est de se faire comprendre par son voisin et qu'il ne s'agit pas de dire mal la phrase intentionnellement.
- La phrase n'est dite qu'une fois. Le joueur suivant fait de même, jusqu'au dernier. Demandez alors au dernier joueur de dire tout haut et distinctement la phrase qu'il a entendue.
- Comparez ensemble avec la phrase de départ. Le plus souvent, elle est tellement déformée que le sens a complètement changé ! C'est ce qui est drôle, mais cela ouvre également une discussion : « *Comment est-on passé d'une phrase à l'autre ?* »
- C'est ici toute la complexité de la communication avec les autres qui est posée. Lorsque l'on écoute, on reconstitue pour comprendre. Essayez de déterminer avec tous les joueurs à quel moment la phrase a changé de sens. Il ne s'agit bien sûr pas d'incriminer un enfant qui n'aurait pas entendu, mais plutôt de voir ce qu'il a compris.

Le conseil

- Ce « bouche-à-oreille » désigne bien une communication directe. Cette activité est aussi un moyen de montrer que des mots se ressemblent parfois à l'oreille mais n'ont pas la même signification.

49

Pédagogie Decroly

La surprise

dès 3 ans

Activité régulière de la pédagogie Decroly, l'objectif de la surprise est de permettre aux enfants d'observer, de toucher, de sentir, d'utiliser tous leurs sens pour découvrir ce qui se cache dans un sac. La surprise est un objet apporté spontanément à l'école par un enfant : emballé ou caché dans un sac, il devient un mystère à découvrir. Concrète et pratique, cette activité peut devenir un incontournable des apprentissages d'éveil sensoriel de votre enfant.

Matériel

- Un sac opaque
- Des objets de toutes sortes : jouets, ustensiles de cuisine non dangereux, fournitures de bureau…
- Un fruit ou un légume

Acquisitions

- Capacité d'observation
- Utilisation de ses sens
- Motivation et plaisir de la découverte
- Développement du langage et d'un usage approprié du vocabulaire

Préparation de l'activité

- Hors de la vue de votre enfant, sélectionnez un objet de la vie quotidienne (un jouet, un ustensile de cuisine non dangereux, un fruit ou un légume…) et mettez-le dans un sac opaque.

Déroulement de l'activité

- Demandez à votre enfant de découvrir ce qui se cache dans le sac sans regarder. Dites-lui que vous n'attendez pas une réponse immédiate mais bien une recherche d'hypothèses à partir de ce qu'il touche, entend ou sent de cet objet mystérieux.
- Il peut vous poser des questions, mais l'objectif est que votre enfant mette ses sens du toucher, de l'odorat, de la vue et de l'écoute en action. Incitez-le à vous poser des questions : « *Cet objet mystère est-il dur ou mou ? La surface est-elle lisse, douce ou rugueuse ?* »
- L'usage d'un vocabulaire approprié est primordial. Aidez-le à enrichir son vocabulaire et à utiliser des mots de plus en plus précis.
- L'activité est terminée quand l'objet a été découvert. Laissez-lui alors le plaisir d'ouvrir le sac et de valider par lui-même les hypothèses qu'il a émises lors de sa réflexion.

Le conseil

- La surprise permet à votre enfant de développer ses sens en puisant dans son expérience, ses connaissances et ses souvenirs. N'hésitez pas à lui proposer des objets ramassés au préalable lors de promenades ou fabriqués lors d'expériences en famille.

50

Pédagogie Montessori

Les bocaux sensoriels

dès 5 ans

La pédagogie Montessori accompagne l'enfant dans l'exploration et la découverte des sens et les bocaux sensoriels favorisent l'éveil tactile par la manipulation d'objets de toutes sortes. C'est à la fois un apprentissage libre qui est proposé mais également un accompagnement de l'enfant pour l'aider à décrire et définir ses propres sensations et émotions.

Matériel

- Des bocaux en verre de tailles différentes
- Des objets de tailles, textures et formes variées (boutons, sable, coquillages, tissus, bouchons de liège, riz, herbe ou fleurs, etc.)

Acquisitions

- Éveil sensoriel
- Autonomie
- Concentration

Déroulement de l'activité

- Demandez à votre enfant de remplir un bocal avec des boutons, puis un autre avec du sable, un troisième avec du riz, un quatrième avec des coquillages, etc. Prenez le temps d'observer ensemble le résultat : « *Que vois-tu ? Connais-tu tout ce qu'il y a dans ces bocaux ? Où peut-on en trouver ? Dans la cuisine, le jardin, la forêt ?* »
- Maintenant partez en exploration. Dites à votre enfant : « *Tu peux toucher, sentir, palper, secouer délicatement...* » Écoutez attentivement ses remarques et ses observations.
- Ensuite, vous pouvez l'aider à classer les bocaux. Choisissez ensemble vos critères : du plus lourd au plus léger, du plus petit au plus gros, selon les odeurs ou les tailles des objets...
- Cet éveil sensoriel initie parfois le début d'une collection. Une autre activité en perspective !

Le conseil

- Cette activité se concentre sur l'éveil sensoriel. Elle peut se prolonger par une bonne activité de rangement et de tri.

51

Pédagogie Montessori

Les boîtes à sons

dès 3 ans

Les boîtes à sons sont une initiation ludique à la musique et à l'écoute consciente. La pédagogie Montessori propose de développer le sens auditif de l'enfant car il est en lien direct avec la construction de son attention et de sa pensée logique. Cette initiation aux sons et aux silences permet aussi l'apprentissage d'un vocabulaire approprié concernant les bruits. Chacun des bruits sera reconnaissable et, petit à petit, ce son sera relié à une sensation, une émotion et un souvenir.

Matériel

- 14 pots de yaourts vides
- Du film alimentaire
- 6 cercles en papier rouge
- 6 cercles en papier bleu
- Du ruban adhésif
- Une poignée de gravillons, de lentilles, de semoule, de riz, de haricots…

Acquisitions

- Développement du sens auditif
- Attention
- Concentration
- Initiation à l'écoute et à la musique

★ Déroulement de l'activité

- Demandez à votre enfant de remplir à chaque fois deux pots de yaourt avec les mêmes ingrédients (donc 12 pots avec 6 ingrédients) et d'en laisser deux vides.
- Dites-lui ensuite de recouvrir les pots avec les couvercles en papier et le ruban adhésif en prenant soin de fermer deux pots contenant les mêmes ingrédients avec des couvercles de couleurs différentes. Par exemple, un pot de lentilles avec un couvercle rouge et l'autre pot de lentilles avec un couvercle bleu. Avec du film alimentaire, emmaillotez ensuite les différents pots.
- Répartissez en deux colonnes les pots rouges et les pots bleus. Puis demandez à votre enfant de retrouver deux pots produisant un son identique. Il peut les secouer pour écouter les sons, tester, recommencer, jusqu'à ce qu'il estime que deux pots produisent le même son.
- Pendant cette activité, aidez-le à verbaliser ses choix : « *Ce son te rappelle quelque chose ? Un souvenir ? Comment peux-tu le décrire ?* »
- À la fin, validez ses choix. Il s'est trompé sur un son ? Tant mieux, discutez-en avec lui et demandez-lui pourquoi il a fait ce choix : « *Ces sons sont-ils ressemblants ? Pourquoi ?* »

Le conseil

- Vous pouvez complexifier le jeu au fur et à mesure en choisissant des ingrédients produisant un son similaire. Par exemple, mettez du sable dans un pot et de la semoule dans l'autre. On peut s'y méprendre et vous verrez qu'à son rythme, il va acquérir une écoute de plus en plus fine et une oreille de lynx !

52

Pédagogie Decroly

Le bâton de pluie

dès 5 ans

Instrument de percussion, le bâton de pluie réalisé par votre enfant est un moyen de développer son ouïe. Cet éveil sensoriel permettra de définir les sons mais aussi et surtout d'agir pour en créer. La pédagogie Decroly met en avant les objets concrets construits par les enfants eux-mêmes pour qu'ils puissent comprendre les mécanismes et leurs usages.

Matériel

- Un tube en carton (la base d'un rouleau de papier sulfurisé par exemple)
- Une paire de ciseaux
- 2 feuilles de papier-calque
- Du ruban adhésif
- Une pince coupante
- Des cure-dents
- Un disque de coton démaquillant
- 150 g de riz
- 150 g de lentilles

Acquisitions

- Éveil sensoriel par l'écoute
- Attention
- Créativité

Déroulement de l'activité

- Demandez à votre enfant de prendre le tube en carton (vous pouvez aussi en scotcher deux ensemble pour avoir un bâton plus long) puis d'enfoncer dedans des cure-dents de haut en bas environ tous les 2 cm pour créer « des barrières ». Si cela est trop dur pour lui, proposez-lui de préparer les trous avec une petite vrille.
- Avec une pince coupante, recoupez les cure-dents pour qu'ils ne dépassent pas du tube et ne piquent plus puis dites à votre enfant : « *Découpe un morceau de papier-calque pour fermer l'extrémité du tube.* » Ce morceau doit faire environ deux fois la taille de l'ouverture du tube.
- Demandez-lui de poser le disque de coton démaquillant sur une des ouvertures puis de poser dessus le film calque : « *Tu peux maintenant le coller avec du ruban adhésif* ».
- La première extrémité du tube est bouchée. Versez le riz et les lentilles dans le tube et refermez la seconde extrémité de la même façon que la première, le disque de coton en moins.
- En bougeant le bâton, le riz et les lentilles vont chuter de haut en bas en passant entre les cure-dents pour produire un bruit semblable à une cascade de pluie. Dites à votre enfant de choisir le rythme qu'il veut. Que ressent-il ? Peut-il décrire ce qu'il entend ?
- Proposez-lui de créer le bruit de la pluie, d'une averse ou d'une petite bruine ? C'est un instrument de percussion qu'il a créé et qui peut accompagner toutes les musiques et les danses.

Les conseils

- Le bâton de pluie peut être décoré avec de la peinture. Votre enfant peut aussi en créer deux pour les utiliser en même temps, en en tenant un dans chaque main.
- Ce bâton de pluie devient l'instrument de musique indispensable pour créer mais aussi pour se détendre, tout en constituant une initiation à l'expression des émotions.

53 Pédagogie Écoles démocratiques

Peindre avec les mains et les pieds

dès 4 ans

L'éveil sensoriel passe par la connaissance de son corps. Peindre avec ses mains et ses pieds procure une sorte de plénitude et de liberté qui crée une harmonie entre le corps et le dessin. Les Écoles démocratiques mettent en avant le lien entre la créativité et la liberté de l'enfant. Cette activité va aussi aider votre enfant à créer des œuvres grand format qui lui offrent de nouvelles possibilités d'expression et d'éveil corporel.

Matériel

- De la gouache de couleurs différentes
- Des torchons
- Un savon
- Des feuilles de papier de formats différents
- Une bassine d'eau
- Une toile cirée
- Un pinceau large
- Des assiettes ou des récipients non cassables

Acquisitions

- Éveil sensoriel
- Créativité
- Imagination

Préparation de l'activité

- Lavez tout d'abord les pieds et les mains de votre enfant.
- Dans des assiettes en plastique ou des récipients non cassables, étalez quelques couleurs. Vous pouvez par exemple commencer avec le rouge, le bleu et le jaune.
- Étendez la toile cirée sur le sol comme protection et placez dessus des feuilles de papier.

Déroulement de l'activité

- Demandez à votre enfant de tremper ses pieds dans la peinture de son choix et de marcher sur le papier. Attention, la peinture rend les appuis glissants ! Donnez-lui la main dans un premier temps afin qu'il trouve son équilibre.
- Au départ, il va marcher pour imprimer des traces et des empreintes : c'est un premier éveil sensoriel. Mais très vite, il tentera d'autres mouvements circulaires pour créer de nouveaux dessins qui amèneront de nouvelles sensations corporelles.
- Incitez-le à créer ses propres œuvres : « *Tu peux faire les dessins et les mouvements que tu veux dans le cadre de la feuille.* »
- Vous pouvez également lui proposer de faire cette activité avec les mains. Très vite, ses doigts et ses paumes remplaceront les pinceaux et permettront des dessins aux formes nouvelles. Cela lui donnera la sensation d'être en lien direct avec sa création.
- À la fin de l'activité, dites à votre enfant de passer ses pieds et ses mains dans la bassine d'eau savonneuse, pour un nettoyage complet !

Le conseil

- À l'issue de cette activité, lorsque la peinture sera sèche, proposez à votre enfant de reprendre ou peaufiner sa peinture avec des crayons et des feutres. Ce travail lui montrera la différence de sensations entre une peinture avec le corps ou avec des outils.

54 Pédagogie Montessori

Les lettres rugueuses

dès 3 ans

Les lettres rugueuses aident les jeunes enfants à appréhender et mémoriser les formes des lettres. La pédagogie Montessori utilise cette activité pour faire découvrir les lettres par le toucher. Nous proposons ici la fabrication manuelle de quelques lettres, par exemple celles composant le prénom de votre enfant. C'est déjà un apprentissage conséquent avant de se lancer dans un alphabet complet.

Matériel

- Une feuille de papier de verre (grain de 60 ou 80) par lettre
- Un rectangle en carton d'environ 10 x 15 cm par lettre
- Une paire de ciseaux
- De la colle
- Un modèle d'alphabet en capitales d'imprimerie

Acquisitions

- Éveil sensoriel par le toucher
- Connaissance des lettres
- Autonomie
- Motricité fine

Préparation de l'activité

- Découpez des bandes de papier de même largeur dans le papier de verre. Chaque bande de papier sera un des « bâtons » des lettres en capitale d'imprimerie que vous allez fabriquer.
- Les bandes pourront par la suite être redécoupées si nécessaire. Par exemple pour le « A », il vous faudra deux grandes bandes et une plus petite.

Déroulement de l'activité

- Commencez par expliquer l'activité à votre enfant : « *Aujourd'hui, nous allons fabriquer des lettres à toucher pour écrire ton prénom.* »
- Demandez-lui ensuite : « *Quelles lettres te faut-il pour écrire ton prénom ?* » Votre enfant peut les nommer et les montrer sur un alphabet. Montrez-lui s'il ne les connaît pas.
- Prenez les lettres une par une. Pour chacune, il vous faudra un carton et les bandes rugueuses. Demandez à votre enfant de reconstituer chaque lettre en positionnant correctement les bandes rugueuses. Aidez-le à observer et reproduire correctement.
- Dites-lui ensuite de coller les bandes sur le carton : la lettre est prête !
- Dans un second temps, posez les lettres face à votre enfant. Il peut maintenant se familiariser avec les différentes lettres en les touchant. Grâce au papier de verre, il ressent directement avec le bout des doigts la forme de la lettre.
- Posez-lui des questions : « *Reconnais-tu cette lettre ? Comment l'as-tu reconnue ? Quelles sont ses caractéristiques ?* » Par exemple, dites-lui que le N est composé de 3 bâtons, que le O est un cercle ou un ovale, etc.

Les conseils

- Il est intéressant par la suite que votre enfant ait à sa disposition toutes les lettres de l'alphabet, ainsi que les chiffres.
- Quand il sera bien familiarisé avec ce matériel, apprenez-lui à tracer « le chemin de la lettre », en lui expliquant comment tracer chaque lettre. Par exemple, pour tracer un O, on commence en haut et on tourne vers la gauche avant de remonter et fermer la ligne. Vous verrez que cela vous demandera à vous aussi un peu de concentration car vous écrivez sans y penser !

Le goûter des saveurs

dès 4 ans

Le goûter est un moment important pour plusieurs raisons. Il perpétue un rythme alimentaire stable et sain, mais c'est aussi un plaisir partagé. Interface entre l'école et la maison, c'est une récréation gustative propice à l'éveil sensoriel par le goût. Il permet aussi d'élargir son vocabulaire avec plaisir. Les Écoles démocratiques soulignent l'importance du partage et de l'échange lors des repas et cette activité peut donc se faire à plusieurs.

Matériel

- Du fromage et du sel
- Une pomme et du miel
- Un citron et un yaourt nature
- Une endive et du cacao non sucré
- 4 tranches de pain par personne
- Du beurre non salé
- Un couteau à beurre

Acquisitions

- Éveil sensoriel par le goût
- Autonomie
- Motricité fine

Déroulement de l'activité

- Commencez par préparer le goûter des saveurs en demandant à votre enfant de faire des tartines : « *Peux-tu tartiner de beurre 4 tranches de pain pour ce goûter magique ?* »
- Sur la première tartine, demandez-lui de mettre du sel et du fromage. Sur la seconde, une tranche de pomme et du miel. Sur la troisième, une tranche d'endive et du cacao non sucré et sur la quatrième du jus de citron et un peu de yaourt nature.
- Puis on se régale ! Dites à votre enfant : « *Goûte les différentes tartines et dis-moi ce que tu ressens.* » Expliquez-lui que chaque tartine représente les 4 saveurs de base : le sucré, le salé, l'acide et l'amer. Peut-il les reconnaître ?
- Demandez ensuite à votre enfant de classer par ordre de préférence gustative les tartines. Si vous êtes plusieurs, ce choix est-il le même pour tous ?
- Une fois que les saveurs de base sont bien assimilées, demandez à votre enfant de faire des associations entre les différents ingrédients du goûter. En effet, si l'acide peut être difficile à accepter seul, lié a du sucré ou du salé, il prend une tout autre saveur !
- L'activité se termine avec la fin du goûter. Gardez en tête que l'important est d'éveiller le goût de votre enfant et sa capacité à définir les différentes saveurs.

Le conseil

- Les associations des 4 saveurs de base montrent à votre enfant que c'est l'alliance des différentes saveurs et leur variété qui rend l'alimentation plaisante.

56

Pédagogie Decroly

Faire de la pâte à pain

dès 4 ans

En quoi faire son pain est-il un éveil sensoriel ? C'est une expérience gustative mais aussi de patience et de pétrissage qui est proposée. Consciente de l'intérêt de faire faire aux enfants des activités pratiques de la vie quotidienne, la pédagogie Decroly utilise la préparation conviviale d'un repas comme un espace d'apprentissage des mesures, des gestes et de l'éveil au goût mais aussi au toucher et à la vue.

Matériel

- 1 kg de farine
- 300 ml d'eau
- 2 pincées de sel
- 20 g de levure fraîche
- Un grand saladier

Acquisitions

- Éveil sensoriel
- Motricité fine
- Concentration

Déroulement de l'activité

- Dites à votre enfant que l'objectif est de bien prendre le temps de pétrir la pâte, c'est-à-dire de l'aérer pour que le pain lève harmonieusement.
- Demandez à votre enfant de préparer la pâte en mélangeant la levure fraîche avec l'eau. Dites-lui de bien mélanger puis d'ajouter la farine petit à petit et enfin le sel. Insistez sur l'importance de mélanger les ingrédients jusqu'à ce que la pâte se décolle des parois du saladier.
- Laissez reposer 2 bonnes heures à chaleur ambiante en mettant un torchon sur le saladier pour que la pâte gonfle mais ne sèche pas.
- Le travail de pétrissage commence par le choix d'une surface plane et propre où votre enfant pourra s'appuyer sans risque. Demandez-lui de bien se laver les mains avant de commencer, car le pétrissage se fait à mains nues. Pensez à lui remonter les manches pour qu'elles ne tombent pas lorsqu'il pétrira la pâte. Un tablier sera le bienvenu, car la farine vole !

- Faites-lui enfariner la surface du plan de travail ou de la table en question et versez la pâte du saladier directement dessus. La pâte a la forme d'une boule molle. Demandez à votre enfant de pétrir en écrasant la pâte avec ses mains puis en la reformant. Si la pâte est un peu collante, il suffit de la saupoudrer un peu avec de la farine.
- Pour bien pétrir, dites-lui de ne pas hésiter à presser la pâte avec ses paumes et de « frapper » la pâte jusqu'à ce qu'elle soit ferme. Pliez-la en deux sur elle-même puis aplatissez-la de nouveau. Toutes ces actions doivent être faites avec attention.
- C'est un vrai travail physique et avec la vue et le toucher, votre enfant prend conscience de s'il doit rajouter un peu de farine et est alerte à toutes les sensations que le pétrissage lui procure. Cela doit durer une dizaine de minutes à bon rythme afin d'obtenir une pâte aérée et poreuse.
- Après le pétrissage, la pâte doit être ferme et brillante tout en restant élastique. C'est grâce à sa vue que votre enfant pourra décider de la fin de cette étape.
- Le pétrissage est fini mais la recette continue ! Il convient de laisser de nouveau la pâte lever une heure puis de mettre la boule sur une plaque pour l'enfourner dans un four le plus chaud possible (250 à 300 °C) pendant une quinzaine de minutes. Comme lors du pétrissage, c'est à l'odeur et à la vue que votre enfant décidera si le pain est cuit.
- Le résultat sera parfait. Sortez le pain du four et écoutez la croûte continuer à se dilater et croustiller. Votre enfant doit être patient et attendre quelques minutes que le pain refroidisse. Vous pourrez alors enfin déguster ensemble un pain moelleux et croustillant, avec une mie aérée grâce au pétrissable de votre enfant. Il conviendra de le remercier car c'est une activité qui demande de l'agilité et beaucoup d'observation.

Les conseils

- Comme pour la pâte à modeler, cette activité développe l'éveil sensoriel et la motricité fine tout en y ajoutant cette notion de goût, de texture, d'odeur.
- C'est avec plaisir que votre enfant découvrira qu'avec cette recette, il peut aussi faire de la pâte à pizza !

L'interaction et l'harmonie avec la nature

La connaissance et le respect de la nature participent au développement des enfants. L'environnement végétal et animal est pour eux une source de jeux, de connaissances et de plaisir. Sensibiliser les enfants à l'importance d'entretenir un lien avec la nature est une priorité pour la pédagogie des *Forest schools* mais aussi pour les autres pédagogies alternatives. Les activités proposées dans ce chapitre précisent donc de façon pratique les possibilités multiples de faire de votre enfant un praticien de cette nature au rythme des saisons. Elles l'aideront à mieux se connaître et à acquérir les bases d'une harmonie avec un écosystème dont il est partie prenante. L'apprentissage de l'harmonie avec la nature apporte un éveil des sens fondamental. Le corps et les émotions sont mis en avant dans ces activités et la nature devient alors une partenaire de choix pour aujourd'hui comme pour demain. La construction de soi passe par le goût et le respect de celle-ci. La nature est ainsi un espace de découverte et d'apprentissage autant que de liberté.

57 Pédagogie Freinet

La promenade photographique

dès 6 ans

La classe-promenade est une activité régulière de la pédagogie Freinet. Au cours de cette visite en pleine nature, votre enfant peut devenir un vrai petit reporter qui observera les richesses et la variété de la nature. Seul ou avec vous, il prendra de plus en plus d'assurance et de plaisir à photographier, à choisir le meilleur plan et le cadrage qui lui permettront ensuite de se souvenir de ces moments uniques.

Matériel

- Un appareil photo numérique

Acquisitions

- Manipulation d'un appareil photo
- Confiance en soi
- Concentration
- Autonomie
- Connaissance de son environnement
- Sens de l'observation

Déroulement de l'activité

- Au cours d'une promenade, demandez à votre enfant de photographier ce qu'il voit : plantes, arbres, cailloux, insectes… Laissez-le choisir ce qu'il veut photographier et la façon dont il veut le faire.
- Vous pouvez toutefois l'aider pour un cadrage ou lui montrer un élément que vous jugez remarquable, cela lui permettra aussi de prendre le temps de regarder et de ne pas photographier sans penser à ce qu'il veut prendre et montrer.
- Cette activité peut se faire à plusieurs. Chaque enfant prendra des photos qui pourront être comparées au retour. L'originalité de chaque regard est une richesse. Selon notre sensibilité, nous n'observons pas tous la même chose et nous n'attachons pas la même importance à ce qui compose notre environnement.
- Cette activité va donner confiance à votre enfant car son regard est unique et il vous appartient de le lui démontrer : « *J'aime beaucoup cette photo. Je n'avais pas vu cette coccinelle, tu es vraiment observateur !* » De retour, vous pourrez ensemble choisir certaines photos, les décrire et vous souvenir de ce qu'elles représentent et du lieu où elles ont été prises. Se remémorer l'itinéraire choisi permet de travailler l'attention et la concentration de votre enfant alors même que le dialogue que vous développerez avec lui l'aidera à acquérir un vocabulaire précis pour décrire ce qu'il a vu, entendu et découvert.

Le conseil

- Pensez bien que cette activité a une intention pédagogique réelle. Grâce à ce travail de photographie, de description et de mémorisation, votre enfant acquiert de façon ludique une autre manière de voir les choses, approfondit sa confiance en lui et la connaissance de son environnement.

58 Pédagogie *Forest schools*

Land art

dès **4** ans

Construire et créer avec les matériaux les plus divers de la nature (terre, plantes, sable, petites pierres, bois et écorces) est une activité liée aux *Forest schools*. Elle peut se pratiquer aussi bien dans un jardin que sur une plage ou en forêt. L'objectif est de laisser libre cours à l'imagination de votre enfant, à sa créativité d'artiste en devenir, tout en favorisant son intégration dans la nature.

Aucun matériel nécessaire

Acquisitions

- Créativité et imagination
- Attention
- Éveil des sens

Préparation de l'activité

- Repérez un itinéraire de promenade et un lieu propice pour faire un arrêt afin de créer une œuvre éphémère.

Déroulement de l'activité

- Au cours d'une promenade avec votre enfant, choisissez un espace où vous arrêter pour cette pause artistique.
- Proposez-lui de collecter les matériaux naturels qui se trouvent autour de lui : feuilles, branches, écorces, pierres, sable, coquillages… Dites-lui qu'il les utilisera pour créer son œuvre.
- Observez ensemble tous les trésors récoltés. Triez-les et décrivez-en quelques caractéristiques : « *On va mettre ensemble les jolies pierres, puis les coquillages, les feuilles, les branches… As-tu remarqué comme ces feuilles sont orange ? Tandis que celles-ci sont encore vertes.* » Cela permettra à votre enfant de commencer à réfléchir à ce qu'il voudra en faire et facilitera le choix du matériau au moment de la phase de création.
- Demandez-lui de choisir l'espace qu'il veut utiliser pour créer. Il faut qu'il soit suffisamment plat et que l'on puisse tourner autour.
- À lui de créer ! Il peut construire un animal avec des branches, couvrir le sol de graviers, pierres ou feuilles pour créer un tapis multicolore ou bien avec des coquillages et du sable, imaginer des paysages aux formes et aux couleurs variées. Les plus grands pourront inventer un mandala.
- Observez le résultat de ce *land-art*. Votre enfant y a mis toute sa sensibilité et sa minutie, et cela mérite d'être apprécié à sa juste valeur !

Les conseils

- Prévenez votre enfant que le *land-art* réalisé est éphémère. Si vous avez l'occasion de revenir sur le lieu de création, il est probable que son œuvre n'existe plus ou qu'elle ait été détériorée par la pluie, le vent, d'autres enfants de passage…
- Vous pouvez photographier son œuvre pour en garder le souvenir. Vous pourrez aussi constituer un carnet ou un fichier numérique de *land-art* pour raviver quand vous le souhaitez le souvenir d'une activité ludique et joyeuse.

59 Pédagogie Steiner

Le calendrier de la nature

dès 5 ans

Les saisons rythment l'année et chacune possède ses propres caractéristiques. La nature est d'une richesse sans limite et les différentes saisons reflètent cette diversité. La pédagogie Steiner attache une grande importance à la connaissance et la célébration du rythme des saisons. En collectant avec votre enfant des feuilles, des fleurs, des écorces, des fruits, des bourgeons, des noix, vous lui offrez autant de moyens de représenter ce cycle des saisons et de prendre conscience de leur importance dans nos vies. Le calendrier de la nature est une activité créative d'apprentissage des différents éléments des saisons et permet de relater leur diversité en écrivant, dessinant et coloriant.

Matériel

- Une feuille format A3 au minimum
- Un crayon à papier
- Des éléments naturels récoltés à chaque saison

Acquisitions

- Connaissance des saisons par les éléments qui les composent
- Capacité à se remémorer le rythme des saisons
- Connaissance de soi et des autres au sein de notre écosystème

Déroulement de l'activité

- Demandez à votre enfant de diviser en quatre la feuille à l'aide du crayon pour obtenir une partie par saison. Divisez à nouveau chacune des parties en trois, cela correspond aux différents mois. Un cycle se forme.
- Cette activité demande un travail régulier tout au long de l'année car le calendrier se construira mois après mois. Décidez par exemple de consacrer le premier samedi de chaque mois à cette activité.
- Après chaque récolte en extérieur, demandez à votre enfant de dessiner et colorier ses trouvailles dans la partie correspondante. Aidez-le à bien remplir la surface correspondant au bon mois.
- Petit à petit un calendrier des couleurs et des formes de la nature va se constituer chaque mois à partir des traces végétales et minérales retrouvées.
- Une fois terminé, le calendrier sera un moyen d'observer le chemin parcouru en un an mais aussi le cycle ininterrompu des saisons. Votre enfant observera ainsi l'explosion du printemps en couleur et un endormissement végétal à la fin de l'automne.

Le conseil

- Le calendrier n'est pas seulement visuel mais se doit d'entretenir les autres souvenirs sensoriels. Par exemple, l'odeur d'une forêt, d'une pluie d'automne, d'une fraise au printemps ou le goût d'une châtaigne grillée seront aussi des réminiscences des saisons et des sensations de bien-être qu'elles procurent.

60 **Pédagogie Decroly**

Calculer l'âge d'un arbre

dès **5** ans

La pédagogie Decroly, comme toutes les pédagogies alternatives, est soucieuse de proposer aux enfants des activités concrètes qui permettent de manipuler et d'expérimenter. Calculer l'âge d'un arbre permet d'initier votre enfant au calcul de façon ludique et pratique. En effet, les enfants apprécient les arbres pour leur taille, leur apparence et les interactions sont aisées. Déterminer l'âge d'un arbre, c'est donc mieux faire connaissance avec lui et son histoire.

Aucun matériel nécessaire

Acquisitions

- Apprentissage du calcul
- Connaissance de l'environnement
- Observation
- Exploration

Préparation de l'activité

- Repérez un chemin en forêt où vous pourrez trouver des troncs d'arbres coupés.

★ Déroulement de l'activité

- Profitez d'une promenade en forêt pour demander à votre enfant de chercher un tronc d'arbre coupé. Dites-lui qu'il faut un tronc suffisamment gros.
- Observez avec lui la coupe et l'ensemble des cernes ainsi que l'écorce qui entoure le tronc. Il s'agit maintenant de compter les cercles de l'extérieur jusqu'au centre du tronc.
- Expliquez à votre enfant que chaque ligne vaut une année et que l'âge de l'arbre correspond donc à la somme de tous les cernes.
- Après cet exercice, vous pouvez demander à votre enfant d'estimer la taille de ce tronc. Il ne s'agit pas d'être précis mais de donner un ordre de valeur, par exemple en enlaçant le tronc afin d'estimer sa circonférence.
- Ensuite il pourra, en observant d'autres arbres non coupés, estimer leur âge. Bien sûr la largeur par année varie selon les essences mais cela lui donnera un ordre d'idée.

Le conseil

- Déterminer l'âge d'un arbre est un moyen de prendre conscience du temps qu'il lui faut pour grandir. Cela permet aussi l'observation d'arbres qui vivent plusieurs centaines d'années.

61 Pédagogie *Forest schools*

L'anatomie de l'arbre

dès 6 ans

L'anatomie d'un arbre permet de comprendre la complexité de la vie des végétaux et notamment les liens entre les parties visibles à l'œil nu et les parties invisibles, comme les racines. La pédagogie des *Forest schools* entend mieux faire connaître les différentes parties d'un arbre (branches, feuilles, tronc, racines). Grâce à cette activité, votre enfant observera les différents éléments visibles et invisibles de l'arbre. Au même titre que les êtres humains, les arbres sont des êtres vivants qui méritent respect et empathie. Leur connaissance est un préalable nécessaire à la compréhension de notre écosystème.

Aucun matériel nécessaire

Acquisitions

- Connaissance des différentes parties d'un arbre
- Connaissance de l'écosystème végétal par le biais des racines
- Sensibilisation écologique
- Connaissance de soi et des autres

Déroulement de l'activité

- Lors d'une balade en extérieur, choisissez un arbre avec votre enfant et observez ensemble ses différentes parties (branches principales, secondaires, feuilles, tronc, racines visibles, écorce des différents côtés). Posez-lui une série de questions : « *À ton avis, comment grandit-il ? Comment se nourrit-il ? À quoi sert chaque élément de l'arbre ?* »
- Puis, focalisez-vous sur les racines. Demandez-lui de les observer précisément : « *Regarde bien, peux-tu suivre les racines ? Les retrouves-tu plus loin ?* » En observant bien l'arbre mais aussi les traces de racines parfois très loin du tronc, votre enfant va comprendre les interactions entre les différentes parties d'un arbre mais aussi les liens et les complémentarités qui existent entre elles.
- Accompagnez votre enfant dans cette observation, invitez-le à regarder autour de lui, à s'attarder sur la taille des différents arbres et les liens qui les unissent. Toute la richesse de l'écosystème végétal s'offre à lui : c'est un ensemble d'interactions d'une communauté d'arbres et de vivre-ensemble entre les différents éléments de la forêt.
- Un dessin finira cette activité où vous demanderez à votre enfant, avec votre aide, de se remémorer précisément un détail, une plante ou encore une feuille d'arbre afin de prendre conscience de la complexité des organismes végétaux.

Le conseil

- Cette activité permet de comprendre que la partie visible de l'arbre ne peut vivre que par les racines, l'eau et le respect de l'environnement. Au-delà c'est toute une sensibilisation à la fragilité de notre écosystème et sur le besoin de le protéger qui est proposé.

62 Pédagogie *Forest schools*

Fabriquer du papier-graines

dès 5 ans

La fabrication de « papier-graines » est à la fois une activité manuelle et un moyen de faire comprendre à votre enfant l'importance du recyclage. La pédagogie des *Forest schools* attache une grande importance à l'apprentissage du cycle végétal. La fabrication d'un « papier-graines » par le biais d'une pâte à papier permet de réaliser un objet recyclé qui servira à semer des graines. C'est aussi une activité créative ludique. Elle développe l'autonomie et offre à l'enfant la possibilité de manipuler avec des objets simples (papier, carton, eau) en toute sécurité.

Matériel

- Une boîte d'œufs en carton
- Du papier journal
- Un saladier
- De l'eau
- Des torchons
- Des graines de fleurs variées

Acquisitions

- Autonomie
- Éveil sensoriel
- Créativité
- Concentration
- Connaissance de l'environnement

Déroulement de l'activité

- Demandez à votre enfant de déchiqueter le carton d'une boîte d'œufs ainsi qu'une ou deux feuilles de papier journal. Il doit mélanger l'ensemble dans un saladier en ajoutant de l'eau jusqu'à obtenir une pâte homogène, comme une pâte à crêpes non comestible !
- Étalez la pâte à papier sur un torchon avec une cuillère à soupe. L'épaisseur de la pâte doit être uniforme. Votre enfant peut ensuite saupoudrer les graines de fleurs sur la pâte encore humide et appuyer pour les enfoncer légèrement.
- Laissez sécher la pâte pour que l'eau s'évapore complètement. Lorsque le « papier-graines » est sec, demandez à votre enfant de le décoller du torchon avec précaution pour éviter qu'il ne se déchire.
- Votre enfant pourra enfin le décorer, l'offrir mais aussi le planter en terre pour laisser s'épanouir des fleurs multicolores.

Le conseil

- Activité écologique, la fabrication du « papier-graines » devient une activité artistique lorsque vous demandez à votre enfant d'incorporer non seulement des graines mais aussi des pétales de fleurs. L'objectif devient ainsi de créer un papier bigarré grâce aux alliances de couleurs et de nuances.

63

Pédagogie *Forest schools*

Fabriquer la maison des insectes

dès 5 ans

Connaître et prendre conscience de l'importance de notre environnement est une finalité de la pédagogie des *Forest schools*. La connaissance de soi passe par celle de son environnement et la protection des espèces animales est un enjeu majeur de notre temps. L'élaboration de cet abri à insectes se fera avec l'idée de pouvoir ensuite les observer, connaître leurs comportements, leurs modes de vie complexes. De plus, il s'agit aussi d'apprendre à se connaître et à développer de l'empathie envers les animaux.

Matériel

- Des matériaux naturels récupérés en extérieur
- Un cageot en bois
- De la ficelle

Acquisitions

- Connaissance de son milieu
- Développement de l'empathie
- Respect de la biodiversité

Préparation de l'activité

- Récoltez des matériaux de récupération qui permettront aux insectes de se réfugier : morceaux de bois morts, briques creuses, brindilles, feuilles…
- Choisissez des matériaux creux comme des bambous mais aussi des écorces, des morceaux de pots de fleurs en terre cuite, des chutes de bois de toutes essences.

Déroulement de l'activité

- Dites à votre enfant que vous allez fabriquer un abri à insectes. Expliquez-lui en quoi c'est important : « *Les insectes sont des animaux essentiels pour la biodiversité. Dans les jardins, ils permettent d'éviter les pesticides en se nourrissant d'espèces nuisibles. Ils assurent la pollinisation.* » Adaptez votre discours à l'âge de votre enfant.
- Confectionnez ensemble un cadre en bois avec de la ficelle ou, plus simplement, utilisez un cageot en bois qui donnera une ossature à la réserve à insectes. Posez-le à la verticale et remplissez-le de vos matériaux, en les serrant le plus possible. Pour stabiliser l'abri, placez les briques creuses ou les pierres en bas de l'abri. Demandez à votre enfant de varier les différents matériaux en les alternant.
- Après quelques jours, l'abri est un point d'observation privilégié pour comprendre les comportements et la complémentarité des insectes. Avec patience, votre enfant observera les vies riches et collectives des insectes de toutes sortes.
- Exprimez votre satisfaction d'avoir fait quelque chose de bon et d'utile pour la nature. Votre enfant en sera d'autant plus satisfait lui-même, et aura à cœur de continuer à protéger les espèces animales.

Le conseil

- Cet abri à insectes permet de connaître la vie quotidienne des animaux mais aussi de développer la pollinisation des fleurs. En hiver il donnera la possibilité à tous ces animaux indispensables à la biodiversité de se nicher, se nourrir et se reproduire.

64 Pédagogie Freinet

Plantations et germinations

dès 3 ans

La connaissance de la nature passe par celle du cycle végétal. La pédagogie Freinet souligne l'importance de l'observation du cycle végétal par les méthodes actives, où l'enfant est acteur de ses apprentissages. L'objectif de cette activité est de comprendre la fragilité du cycle de la germination, l'importance de l'eau et de la lumière dans la croissance des végétaux.

Matériel

- 3 ou 4 pots de yaourts percés dans le fond
- Du coton
- Des graines qui germent rapidement
- Un peu d'eau
- Un carnet d'observation
- Un crayon à papier

Acquisitions

- Initiation aux sciences de la vie et de la terre
- Apprentissage du cycle végétatif
- Observation
- Expérimentation
- Acquisition d'un vocabulaire spécifique

Déroulement de l'activité

- Choisissez des graines de lentilles ou de haricots qui germent rapidement. Vous pouvez aussi opter pour des graines de fleurs ou de plantes comme les tomates cerises qui poussent bien, ou les courges.
- Placez un peu de coton au fond d'un pot de yaourt. Posez quelques graines, recouvrez d'un peu de coton et imbibez le tout d'eau. Dites à votre enfant d'écrire le nom du végétal sur le pot.
- Votre enfant va maintenant devoir être patient et attendre que la germination commence. Incitez-le à noter quotidiennement ce qu'il voit dans son carnet d'observation. Jour après jour, il comprendra par l'observation que la graine va prendre du temps pour se développer.
- Il devra vérifier que le coton soit toujours humide sans pour autant noyer la graine. Il en est de même avec la luminosité : placez les pots à la lumière mais sans rayons directs du soleil.

Les conseils

- Le carnet doit relater la date, l'heure de l'observation et avec les plus grands vous pouvez aussi noter la luminosité et la température ambiante. Dites à votre enfant qu'il peut dessiner ce qu'il voit page après page.
- Aidez votre enfant à acquérir un vocabulaire spécifique : plantation, germination, levée, floraison… C'est tout le rythme de la vie, des saisons et des conditions environnementales du développement qu'il va découvrir à travers cette activité.

65 Pédagogies Écoles démocratiques

Construire un terrarium

dès 6 ans

Les Écoles démocratiques s'intéressent à l'environnement comme écosystème, à sa compréhension et à sa mise en place. Les *Forest schools* accordent aussi une grande importance à l'imprégnation du végétal dans les apprentissages. La fabrication d'un terrarium, c'est-à-dire d'un écosystème, permet de développer l'autonomie et la réflexion sur notre environnement.

Matériel

- Un grand bocal (500 g minimum, avec une ouverture large pour passer la main)
- Quelques cuillères à soupe de terreau et de gravier fin
- 2 ou 3 petites plantes, comme des succulentes ou des cactus
- Un vaporisateur d'eau

Acquisitions

- Apprentissage de la biodiversité
- Connaissance du cycle végétal
- Connaissance du cycle de l'eau
- Observation d'un écosystème
- Concentration

Déroulement de l'activité

- Expliquez à votre enfant qu'il va créer une réplique de notre monde naturel, en miniature, dans un bocal. Cela ne manquera pas de l'intriguer !
- Dans le fond du bocal, demandez à votre enfant de placer des graviers pour drainer l'écosystème, puis de déposer des couches de terre pour constituer le substrat.
- Humidifiez l'ensemble avec le vaporisateur d'eau et déposez vos plantes en les enfonçant superficiellement dans le substrat de terre. Rajoutez enfin une dernière couche de gravier.
- Avant de refermer le bocal, proposez à votre enfant d'ajouter une décoration s'il en a envie.
- Placez le terrarium dans un endroit lumineux mais sans rayon direct du soleil. La condensation va recouvrir l es parois, c'est normal : c'est grâce à cette humidité que les plantes vont se développer.
- Votre enfant possède ainsi un objet d'étude unique : un écosystème vivant qui s'autodéveloppe grâce à l'humidité, la chaleur et la luminosité. Il observera par la même occasion le cycle de l'eau : évaporation, condensation, précipitation.

Le conseil

- L'observation régulière du terrarium peut se coupler à la rédaction d'un carnet. Votre enfant pourra noter la date, l'heure de l'observation et tous les éléments observés (condensation, couleurs des plantes, développement, etc.). Un carnet de vie de son terrarium illustrera la force et la fragilité de l'environnement végétal.

66 **Pédagogie *Forest schools***

Enlacer un arbre

dès 4 ans

Si l'activité est présente dans la pédagogie des *Forest schools*, elle est également reliée aux principes du Shinrin-Yoku ou « bain de forêt ». Se lier et interagir avec la nature et la terre par l'intermédiaire d'un arbre suscite de plus en plus d'intérêt pour les bienfaits qu'elle offre. Le contact direct et sensoriel avec un arbre permet de prendre conscience de l'importance de la nature mais aussi de mieux se connaître et de développer un sentiment de bien-être.

Aucun matériel nécessaire

Acquisitions

- Concentration
- Éveil des sens et des émotions
- Connaissance de soi
- Connaissance de l'environnement
- Bien-être

Déroulement de l'activité

- Au cours d'une promenade, invitez votre enfant à choisir un arbre dans un parc ou une forêt. Observez l'arbre, prenez le temps de le contempler.
- Proposez à votre enfant de s'approcher de lui en étant attentif à ne pas écraser les végétaux présents autour de l'arbre. Dites-lui qu'il peut enlacer l'arbre avec douceur et calme, sans précipitation. Faites de même pour que votre enfant comprenne que vous aussi avez envie de ce contact.
- Aidez votre enfant à trouver une position agréable pour lui, puis à prendre conscience de sa respiration en lien avec l'arbre.
- Demandez-lui d'écouter l'arbre, le vent, et tout l'environnement. Ce moment peut durer de quelques minutes à une dizaine de minutes.
- Après, demandez à votre enfant ce qu'il a ressenti, ce qu'il a entendu et s'il souhaite recommencer une autre fois. Au-delà du côté original de la situation, a-t-il eu plaisir à faire cette activité ? A-t-il ressenti un certain bien-être ?

Le conseil

- L'intérêt de cette activité de calme, de relaxation et de bien-être est de pouvoir la renouveler. En revenant vers le même arbre, cette action de lien deviendra plus naturelle. Votre enfant sera plus à l'écoute de son environnement et de lui-même.

67 Pédagogie Écoles démocratiques

Faire un engrais naturel

dès 6 ans

Les *Forest schools* ainsi que les Écoles démocratiques mettent en avant l'importance d'une sensibilisation à l'écologie dès le plus jeune âge. Faire un compost et créer un engrais naturel est une activité qui fera naître chez votre enfant une volonté de prendre soin de son environnement. Accompagner son enfant sur cette voie permet peut-être de changer ses propres habitudes et de lui transmettre des notions de développement durable. L'objectif ici est de connaître les éléments naturels susceptibles de faire un bon engrais.

Matériel

- Une caisse en bois
- Un sac en tissu ou en toile de jute
- Un seau d'eau

Acquisitions

- Sensibilisation à l'écologie
- Initiation aux bonnes pratiques du développement durable
- Connaissance de l'environnement
- Autonomie

Préparation de l'activité

- Récupérez pendant quelques jours les restes de fruits et légumes de la cuisine ainsi que vos épluchures.

Déroulement de l'activité

- Expliquez à votre enfant pourquoi il est essentiel d'apprendre à réduire nos déchets. Donnez-lui des exemples concrets de ce que vous faites déjà en famille : tri sélectif, achats en vrac…
- Dites-lui qu'une étape supplémentaire peut être franchie en transformant vous-même les déchets naturels. Pour cela, proposez-lui de faire du compost pour en retirer de l'engrais qui servira pour le jardin, les plantes de la maison ou le potager.
- Demandez à votre enfant de déposer dans la caisse en bois les restes de fruits et légumes récupérés les jours précédents. Il peut y ajouter des sachets de thé, du marc de café ou du papier journal.
- Si vous possédez un jardin, dites-lui de penser à regrouper tous les végétaux, feuilles mortes, herbes, déchets de taille, paille et expliquez-lui que le mieux est d'alterner les couches de matières différentes.
- Ensuite, s'il est facile de l'alimenter quotidiennement, il faudra faire preuve de patience avant de pouvoir l'utiliser. Il faudra attendre de longues semaines pour retirer le compost. Le compost bien décomposé ressemble à une terre noire légère et meuble qui sent l'humus. Votre enfant pourra utiliser cet engrais pour vos plantations.
- Montrez à votre enfant comment faire un « thé de compost » : donnez-lui un sac en tissu ou en jute. Demandez-lui de le remplir à moitié avec du compost puis de le fermer.
- Immergez le sac dans un seau d'eau et laissez tremper quelques jours. Quotidiennement, votre enfant peut brasser l'eau avec un bâton. Au bout d'une semaine, cet engrais naturel et liquide peut être utilisé pour arroser vos plantes d'intérieur ou de jardin.

Le conseil

- Il existe plusieurs types d'engrais pour chaque plante. Vous pouvez faire deux composts différents : un avec les restes de légumes et fruits, et l'autre avec des feuilles. La comparaison des deux donnera à votre enfant un exemple de cette variété et de la différence d'évolution des déchets.

68 Pédagogie *Forest schools*

Récupérer et filtrer l'eau

dès 6 ans

À la fois écologique et pédagogique, récupérer et filtrer son eau est une activité qui permet de mieux comprendre le cycle de l'eau et son importance pour l'humanité. La pédagogie des *Forest schools* met en avant l'harmonie entre l'homme et la nature. C'est une sensibilisation à l'économie de l'eau et à son caractère vital pour tous les êtres vivants qui est proposée. L'eau ainsi produite sera filtrée et utilisable pour arroser les plantations. Mais attention, cette eau n'est pas potable !

Matériel

- Une bouteille d'eau en plastique récupéré
- Une poignée de terre
- Une poignée de gravillons
- Une poignée de petites pierres
- Une vieille paire de chaussettes
- Un récipient pour récupérer l'eau à filtrer
- Un récipient pour récupérer l'eau filtrée

Acquisitions

- Sensibilisation à l'écologie
- Initiation aux bonnes pratiques du développement durable
- Élaboration d'un mécanisme simple

Préparation de l'activité

- Récupérez une bouteille d'eau en plastique et coupez-la à 10 cm du fond.
- Choisissez soigneusement le jour pour réaliser cette activité : il faut être certain de disposer d'eau boueuse. Après quelques jours de pluie, par exemple, ce sera plus facile.

Déroulement de l'activité

- Donnez la partie « entonnoir » de la bouteille découpée à votre enfant et demandez-lui d'y mettre la première chaussette en la bourrant au fond et en tirant l'extrémité hors du goulot de la bouteille.
- Dites à votre enfant d'y mettre successivement et dans cet ordre la terre, les gravillons et les petites pierres en tenant la bouteille à l'envers, goulot vers le bas.
- Expliquez-lui qu'il doit ensuite recouvrir le tout avec la seconde vieille chaussette.
- L'expérience de filtration peut maintenant commencer. Proposez à votre enfant de récupérer de l'eau boueuse ou stagnante dans de vieilles feuilles ou dans un pot après une averse. Versez l'eau dans l'entonnoir pour la faire passer à travers les pierres, le gravier, la terre et les chaussettes. L'eau ressort propre grâce à ce filtre.

Les conseils

- Ce procédé permet à votre enfant de comprendre le mécanisme d'épuration de l'eau et de le pratiquer en filtrant de l'eau de pluie. En effet, cette dernière est souvent chargée de produits phytosanitaires et d'impuretés diverses. Le filtrage ne la rendra pas potable mais offrira aux plantes d'intérieur une eau de meilleure qualité pour leur développement. Cette eau pourrait aussi être utilisée pour laver le linge ou la voiture par exemple.
- En pratiquant cette activité, vous avez une occasion d'aborder avec votre enfant le thème de la rareté de l'eau, de lui apprendre à quel point il faut l'utiliser avec parcimonie, en ayant conscience que c'est un élément précieux pour tous les êtres vivants.

69

Pédagogie *Forest schools*

L'enquête forestière

dès 6 ans

L'enquête forestière permet d'identifier des éléments de la nature. Votre enfant devient un détective de la forêt car la nature offre de multiples trésors : morceaux de bois, cailloux, fleurs mais aussi empreintes, traces d'animaux… La pédagogie proposée par les *Forest schools* développe les activités de connaissance et d'interactions avec l'environnement animal. Grâce à cette activité, non seulement votre enfant fera la connaissance d'une multitude d'animaux mais il découvrira aussi le plaisir de rechercher à partir d'indices ce que peut être la vie des animaux de la forêt.

Matériel

- Un appareil photo
- Un petit carnet
- Un crayon à papier

Acquisitions

- Connaissance de l'environnement animal
- Interactions avec la vie des animaux
- Initiation à la recherche d'indices et à l'émission d'hypothèses

Déroulement de l'atelier

- Au cours d'une promenade en forêt ou dans un parc, la chasse aux empreintes peut commencer ! Demandez à votre enfant de bien observer les traces laissées par les animaux.
- Dès la première découverte, prenez la trace en photo et, surtout, observez-la bien avec votre enfant : que voit-il ? Peut-il décrire l'empreinte ? Quelle est sa forme ? De quelle taille est-elle ?
- À partir d'une telle découverte, demandez-lui s'il peut commencer à élaborer des hypothèses : « *Quel animal a pu laisser cette empreinte ? Est-il possible de suivre l'itinéraire de l'animal ? A-t-il laissé d'autres traces ?* » Votre enfant peut noter ses observations ou vous dicter, en tant qu'inspecteur en chef, ce qu'il voit et pense.
- De retour à la maison, l'enquêteur peut utiliser des ouvrages pour reconnaître l'animal. En observant d'autres empreintes, demandez à votre enfant les similitudes et les différences avec celles qu'il a vues.
- L'objectif est de développer les étapes de la recherche à partir d'une observation la plus poussée possible puis de poser des hypothèses afin de les valider. Le résultat est certes important mais c'est bien le processus de recherche qui donnera à votre enfant, comme à vous, ce plaisir de l'enquête.

Le conseil

- L'enquête forestière est possible dans un parc en ville ou dans la neige, où les traces sont encore plus visibles. L'objectif n'est pas toujours de trouver un animal rare, les pattes d'un chat ou d'un chien sont aussi efficaces pour cette activité ludique et pédagogique d'initiation à la recherche.

70 **Pédagogie *Forest schools***

Créer son herbier

dès 5 ans

Ludique et pédagogique, la création d'un herbier est une activité majeure d'initiation aux sciences naturelles. L'herbier illustre le besoin de connaître et de respecter les fleurs et les feuilles. Sécher et bien présenter des plantes, les conserver, les classer sont autant de moyens d'ordonner et d'approfondir ses connaissances en botanique. Un herbier commencé enfant peut être continué toute la vie.

Matériel

- Un cahier
- Du papier journal ou absorbant
- Des gros livres
- Une paire de ciseaux
- Du ruban adhésif ou du papier autocollant
- Un stylo

Acquisitions

- Connaissance de la flore et de l'environnement végétal
- Motricité fine
- Concentration
- Organisation

Déroulement de l'activité

- Au cours de vos sorties dans la nature ou dans le jardin, demandez à votre enfant de cueillir quelques plantes, fleurs et feuillages. Pensez à noter le lieu de la cueillette (sous-bois, plein champ, proche d'un arbre, etc.)
- Pour débuter, votre enfant choisira certainement les végétaux les plus caractéristiques et familiers. L'objectif d'un herbier est de se compléter au fil du temps.
- De retour à la maison, disposez les plantes séparément et bien à plat entre 2 feuilles de papier journal ou de papier absorbant. Le papier absorbera l'humidité de la plante qui séchera doucement.
- Placez le tout dans un gros livre et faites presse avec d'autres volumes. Patientez quelques jours sans ouvrir le livre.
- Commence ensuite le travail de confection de l'herbier. Mettez tout le matériel à disposition de votre enfant et demandez-lui de coller délicatement une plante par page. Attention, la plante séchée est fragile, il faut être soigneux !
- Ensuite demandez à votre enfant de l'identifier : « *Connais-tu son nom ?* » S'il le connaît, demandez-lui de l'écrire sur la page. Sinon, aidez-le à faire une recherche sur internet ou dans un dictionnaire de botanique.
- Pour chaque plante, demandez à votre enfant de noter les caractéristiques principales : nom, lieu où elle a été cueillie, taille des pétales, de la tige… Un dessin est possible pour préciser et bien noter l'endroit où on a trouvé la plante. C'est un indice important pour la connaître.
- Votre enfant peut aussi écrire un commentaire pour relier la plante au moment où il l'a découverte.
- Un herbier est une activité de longue haleine, qui se prolonge et s'enrichit à mesure de nouvelles promenades et découvertes.

Le conseil

- Réaliser un herbier, c'est aussi prendre conscience de la fragilité et de la beauté de la nature. C'est une belle leçon pour respecter la flore et comprendre son importance.

Les apprentissages concrets

Les pédagogies alternatives attachent une grande importance à proposer des activités concrètes et pratiques. Être concret, c'est partir du réel et de son observation pour analyser et donner du sens aux apprentissages. Les activités proposées laissent donc une grande place à la manipulation et à l'expérimentation et font de l'enfant un acteur central dans ses apprentissages.

Les apprentissages concrets facilitent le passage vers l'abstraction. En proposant aux enfants d'expérimenter autour de leurs centres d'intérêt, ils leur transmettent également de nouvelles connaissances. Grâce à la manipulation, les enfants comprennent et retiennent mieux ce qu'ils font. Ces apprentissages initient par ailleurs au langage, à l'écrit, à la découverte du monde, et permettent à l'enfant d'accroître sa curiosité dans des domaines nouveaux, comme par exemple l'écriture et la lecture.

Proposer des apprentissages concrets, c'est donc introduire une approche et une démarche respectueuses des enfants, de leur rythme et de leurs intérêts. De plus, leur pratique est facile et accessible car ils ne s'appuient pas sur du matériel coûteux mais plutôt sur l'envie et la soif de faire et suscitent souvent l'intérêt et la motivation des enfants. Accompagner et guider votre enfant dans cette voie vous permettra de lui donner confiance en lui et d'encore mieux le connaître.

71

Pédagogie Freinet

Le jeu des sons

dès **4** ans

L'écoute des sons et des unités qui composent notre langue, ce que l'on nomme la conscience phonologique, permet aux enfants de différencier les sons et de les mettre progressivement en relation avec les lettres. C'est un apprentissage fondamental pour le développement langagier de l'enfant, puis pour le passage à la lecture et l'écriture. Les pédagogies alternatives et en particulier la pédagogie Freinet l'intègrent dans des exercices aussi ludiques que concrets. Nous proposons ici un travail sur les rimes.

Matériel

- Les cartes d'un loto des fruits ou des animaux

Acquisitions

- Conscience phonologique
- Lexique
- Mémorisation

★ Déroulement de l'activité

- L'objectif est de proposer des jeux de phonologie sur les rimes. Tout d'abord, apprenez à votre enfant à reconnaître et trouver des mots qui riment avec un autre.
- Demandez à votre enfant de tirer une carte d'un fruit ou d'un animal (par exemple, un kiwi) et dites-lui : « Connais-tu ce fruit ? Peux-tu le nommer ? »
- Demandez-lui ensuite : « *Quel son entends-tu à la fin du mot ?* » (le son [i]) puis : « *Connais-tu un autre mot qui se termine pareil ?* » (par exemple, le kaki). Associer 2 mots avec la même rime est un exercice préalable pour comprendre ce qu'est une rime. Procédez ainsi avec les autres cartes de loto dont vous disposez.
- Ensuite, lorsque le principe de la rime est compris, amusez-vous ensemble à inventer des phrases qui riment. Si votre enfant tire une fraise, par exemple, cherchez une phrase comme : « *Blaise aime les fraises.* »
- C'est en renouvelant régulièrement ces jeux de langage que l'oreille de votre enfant va se former à l'écoute des sons et qu'il parviendra à les discriminer plus facilement.

Le conseil

- D'autres exercices ludiques sont possibles : les virelangues, le jeu du corbillon, l'écoute de comptines… Tous participent à l'éveil de la conscience phonologique de l'enfant.

72

Pédagogie Freinet

La chasse aux mots

dès 4 ans

La chasse aux mots est une activité ludique de repérage et d'identification des mots et des sons qui guide le jeune enfant vers la lecture de manière personnalisée. Présente dans la plupart des pédagogies alternatives, et en particulier dans la pédagogie Freinet, cette chasse aux mots nécessite de l'observation et de l'attention. Le classement des mots par son ou par thème est une activité d'initiation à l'écrit.

Matériel

- Des étiquettes
- Un stylo
- Un album ou un livre de contes

Acquisitions

- Apprentissage de l'écrit
- Sens de l'observation

Déroulement de l'activité

- La chasse aux mots peut se faire en deux temps. Dans un premier temps, pendant la lecture d'un conte ou d'un album, notez sur les étiquettes une dizaine de mots présents dans l'histoire.
- Avant de les étaler sur la table, demandez à votre enfant de les regarder. Vous pouvez aussi les lire ensemble : « *Écoute-moi bien, je vais lire le mot. Est-ce que tu entends comment je le prononce ? Tu peux le répéter ? Sais-tu ce qu'il signifie ?* »
- Ensuite, posez les étiquettes de mots sur la table et demandez à votre enfant de les associer : « *Peux-tu me dire pourquoi tu les mets ensemble ?* » Vous pouvez aussi demander à votre enfant d'être très précis et de mettre ensemble les mots qui possèdent par exemple les mêmes lettres, ou qui contiennent le même son.
- Avec un enfant non-lecteur, il faudra répéter régulièrement les mots pour qu'il puisse identifier des sons qui se répètent.
- Le principe est de comparer les mots, de dégager des caractéristiques communes et d'identifier des critères de classement. Vous pouvez mélanger les cartes et recommencer l'exercice. Votre enfant va mémoriser et photographier très vite les mots et les retrouver de plus en plus vite en les nommant.

Le conseil

- La chasse aux mots permet d'enrichir son vocabulaire. Cette photographie des mots peut ensuite être utilisée pour constituer des phrases simples.

73

Pédagogie Montessori

Fabriquer un tableau à double entrée

dès 4 ans

Les tableaux à double entrée ont pour vocation d'initier à l'observation et au repérage. Ils permettent d'entrer horizontalement et verticalement dans un tableau pour y relever une information. Leur réalisation est aussi un moyen de s'approprier une base mathématique. Une multitude de jeux basés sur les tableaux à double entrée existent dans les pédagogies alternatives et en particulier dans la pédagogie Montessori. Nous vous proposons ici la confection d'un tableau à double entrée pour initier votre enfant aux formes géométriques.

Matériel

- 4 feuilles format A4 (une blanche, une bleue, une rouge et une jaune)
- Une règle
- Une équerre
- Un compas
- Un crayon noir

Acquisitions

- Observation
- Connaissance des formes géométriques
- Calcul

Préparation de l'activité

- Si votre enfant est trop jeune pour pouvoir utiliser un compas, une règle et une équerre, préparez au préalable des gabarits des 4 formes géométriques nécessaires à l'activité : un carré, un rectangle, un cercle et un triangle (voir dimensions ci-dessous).

Déroulement de l'activité

- Dans chaque feuille de couleur, commencez par découper 4 formes géométriques : un carré, un rectangle, un cercle et un triangle. Dites à votre enfant : « *Sur chaque feuille de couleur, trace avec tes outils un carré de 3 x 3 cm, un rectangle de 3 x 6 cm, un cercle de 3 cm de rayon et un triangle de 3 cm de côté.* »
- Si vous lui proposez des gabarits, montrez-lui comment s'en servir et aidez-le à maintenir le gabarit en place sur la feuille.
- Une fois les formes tracées, demandez à votre enfant de découper chaque forme. Il obtient donc 12 formes géométriques de 3 couleurs différentes : 3 triangles, 3 ronds, 3 rectangles et 3 carrés.
- Dessinez ensuite le tableau à double entrée. Dites alors à votre enfant : « *Trace sur la feuille blanche un tableau de 5 colonnes et 4 lignes. Dans la première colonne, indique les couleurs. Dans la première ligne, dessine les formes vides.* » Selon son âge, votre enfant aura besoin de votre aide pour élaborer le tableau mais il est toujours intéressant qu'il y participe.
- La dernière étape, enfin, consiste à placer chaque forme dans la bonne case. Votre enfant doit pour y parvenir retenir les deux critères (forme et couleur) et croiser les informations. Vous pouvez l'aider à visualiser ce « croisement » en déplaçant vos doigts en ligne et en colonne jusqu'à ce qu'ils se touchent sur la case appropriée.

Le conseil

- Nous rencontrons régulièrement des tableaux à double entrée dans notre vie quotidienne. Comprendre comment ils fonctionnent et savoir les utiliser est un grand pas vers l'autonomie. Il s'agit également d'une initiation à la résolution de problèmes.

74 Pédagogie Montessori

Compter avec un boulier

dès 4 ans

Apprendre à compter avec un boulier est un moyen concret et pratique de se familiariser avec les bases du calcul. L'usage de cet outil ancestral est universel et permet la réalisation des quatre opérations arithmétiques que sont l'addition, la soustraction, la multiplication et la division. Les pédagogies alternatives, et en particulier Montessori, l'utilisent pour ses dimensions ludique et visuelle qui permettent à de nombreux enfants d'apprendre à compter facilement.

Matériel

- Un boulier

Acquisitions

- Apprentissages du calcul
- Connaissance des opérations arithmétiques
- Motricité fine
- Autonomie
- Concentration

Déroulement de l'activité

- Commencez par aider votre enfant à se familiariser avec le boulier. Laissez-le le manipuler librement pendant plusieurs minutes puis amenez-le à observer plus attentivement et à s'interroger : « *Que vois-tu ? (Des barres, des boules de couleurs différentes). À quoi cet objet peut-il bien servir ?* »
- Selon son âge, commencez par lui montrer que l'on peut s'amuser à compter les boules une à une en les glissant de l'autre côté de la barre.
- Le boulier permet aussi de comprendre les premières opérations arithmétiques. Par exemple, montrez à votre enfant comment visualiser une addition : « *Glisse 2 boules de l'autre côté, puis 3 boules. Combien comptes-tu de boules maintenant ? 5 !* »
- Vous pouvez aussi lui demander de compter ainsi : « *Place 2 boules de l'autre côté, puis 2, puis 2 encore, et compte à chaque fois le résultat : 2, 4, 6, 8...* »

Le conseil

- À partir de 5-6 ans le boulier permet de passer directement à un calcul « dans la tête » et sans l'aide des doigts.

75 Pédagogie Decroly

De la maquette au plan

dès 5 ans

La représentation et l'organisation dans l'espace sont des notions importantes pour s'initier à la géographie mais aussi pour se repérer dans un espace. Le passage de la maquette au plan est une activité concrète de manipulation et d'expérimentation que l'on retrouve dans la pédagogie Decroly. En lien avec l'activité 91 « Organiser sa chambre » p. 200 par exemple, cet exercice de fabrication et d'utilisation d'une maquette souligne l'intérêt de vivre et penser son espace en prenant conscience de son environnement.

Matériel

- Des cubes emboîtables (de type Lego®)
- Des bûchettes en bois (de type Kapla®)
- Une boîte à chaussures ou un plateau
- Une feuille format A4
- Un feutre

Acquisitions

- Représentation et organisation de l'espace
- Initiation à la géographie
- Expérimentation et manipulation

Déroulement de l'activité

- Il est tout d'abord important de comprendre l'utilité de représenter un plan à partir d'une maquette. Cela peut venir d'une situation concrète, comme réorganiser le jardin, une pièce de la maison ou même toute la maison ! Plus simplement, l'organisation de la chambre est toujours un bon prétexte en raison de l'évolution rapide de votre enfant.
- Expliquez à votre enfant que l'objectif de la réalisation de la maquette est de penser son espace. Précisez ainsi votre intention : « *Nous allons repenser ta chambre en faisant une maquette. Comment veux-tu représenter ton lit, ton bureau ou ta chaise ?* »
- Mettez à sa disposition les cubes et les bûchettes (pour les meubles) et la boîte à chaussures ou le plateau qui servira à matérialiser l'espace de la chambre.
- Cette première étape est fondamentale car elle permet à votre enfant de penser un objet concret en le représentant par un cube, qui est un élément abstrait.
- Selon son âge, aidez-le à organiser les différents éléments. Les objets doivent être proportionnels. Ainsi un gros cube ne peut pas représenter une chaise si un petit cube représente le lit. Expliquez-lui que la proportionnalité donne vie à la maquette
- Très vite, vous verrez l'intérêt de votre enfant pour cette activité grandir. Certains enfants préfèrent même directement dessiner une sorte de plan, sans passer par la maquette. Ce n'est pas un problème car les questionnements sont les mêmes.
- Grâce à la maquette et à sa manipulation, et si les proportions sont respectées, votre enfant peut alors penser et proposer une nouvelle organisation de sa chambre. Il verra immédiatement l'impossibilité de mettre telle armoire à tel endroit ou, au contraire, cela rendra évident certains changements.
- Enfin, demandez à votre enfant de représenter cette maquette sur un plan, qui est une image abstraite d'un espace. Cela lui sera plus facile car il connaît bien l'espace de sa chambre. C'est une initiation à la proportionnalité et à la carte géographique.

Les conseils

- Cette activité est réalisable à des échelles différentes : votre rue, un itinéraire dans le quartier, etc.
- Votre enfant, constructeur et créateur par nature, saura ensuite créer et recréer des maquettes pour ses personnages, ses poupées…

76

Pédagogie Cuisenaire

Les réglettes Cuisenaire

dès 3 ans

Les réglettes Cuisenaire, inventées par le pédagogue Georges Cuisenaire, sont des bâtonnets de tailles et de couleurs différentes qui favorisent la découverte des nombres de façon concrète et ludique. L'observation des nombres par la taille et les couleurs offre la possibilité à votre enfant d'observer, de manipuler, de comparer et de s'amuser avec les réglettes tout en appréhendant la notion de mesure. C'est une initiation concrète à l'apprentissage et la compréhension des nombres.

Matériel

- 10 feuilles de papier cartonné
- De la gouache ou du papier des couleurs suivantes : blanc, rouge, vert clair, rose, jaune, vert foncé, noir, marron, bleu, orange
- Un pinceau
- Une paire de ciseaux
- Une règle
- Un crayon à papier

Acquisitions

- Apprentissage des nombres et du calcul
- Passage du concret à l'abstraction
- Observation et logique mathématique
- Initiation au raisonnement scientifique

★ Déroulement de l'activité

- Pour cette activité, vous allez réaliser avec votre enfant 50 réglettes colorées de 1 à 10 cm. Georges Cuisenaire a d'ailleurs conçu ses premières réglettes en papier, puis en bois. Vous pourrez faire de même si votre enfant y prend goût !
- Peignez tout d'abord chaque feuille des 10 couleurs correspondantes, puis découpez les réglettes comme suit. Les réglettes font toutes 1 cm de large. Pour les longueurs : les blanches font 1 cm, les rouges 2 cm, les vert clair 3 cm, les rose 4 cm, les jaunes 5 cm, les vert foncé 6 cm, les noires 7 cm, les marron 8 cm, les bleues 9 cm et les orange 10 cm. Il est important de respecter ces correspondances entre la couleur et la taille des réglettes.
- Laissez votre enfant jouer avec et créer des formes, les ranger, les classer… Montrez-lui les différences entre les réglettes : « *Regarde, les réglettes blanches font la même taille, c'est 1 cm, et les bleues font 4 cm.* »
- Votre enfant, en manipulant, va rapidement s'approprier le matériel et comprendre le lien entre couleur et taille.
- Plusieurs exercices sont alors possibles. Vous pouvez proposer à votre enfant de construire un escalier de couleur afin de matérialiser les liens entre les couleurs et les tailles.
- Ensuite, grâce à la comparaison entre réglettes, la numération devient claire. Votre enfant peut hiérarchiser les réglettes en mettant par exemple 3 réglettes blanches de 1 cm à côté d'une réglette vert clair de 3 cm. Ainsi, l'addition et la soustraction apparaissent clairement grâce à ce jeu entre les réglettes.

Le conseil

- Vous pouvez réaliser les réglettes en bois avec votre enfant ou en trouver dans le commerce. Cela permet de travailler en 3 dimensions.

77 **Pédagogie Decroly**

Le loto des fruits

dès **4** ans

La pédagogie Decroly, comme la pédagogie Montessori, utilise le jeu dans les différents apprentissages. Le loto des fruits est une initiation à la reconnaissance des fruits et de leurs caractéristiques mais également aux règles d'un jeu à plusieurs. Il prend aussi une autre dimension lorsqu'il est fabriqué de toutes pièces par votre enfant. Pour lui, c'est une motivation supplémentaire de pouvoir jouer avec sa propre création.

Pour 4 personnes

Matériel

- Des feuilles cartonnées blanches type bristol
- Une règle
- Un feutre noir
- Une paire de ciseaux

Acquisitions

- Coopération
- Connaissance par l'échange
- Concentration
- Motricité fine

Préparation de l'activité

- Découpez 4 planches de jeu rectangulaires dans le papier cartonné. Vous pouvez en préparer davantage, mais attention, plus il y aura de cases à remplir, plus il faudra trouver de fruits différents !
- Divisez ensuite chaque planche en 6 cases avec le feutre.

Déroulement de l'activité

- Expliquez aux enfants que vous allez fabriquer un jeu de loto pour 4 joueurs. Montrez-leur les planches déjà prêtes et dites-leur qu'il faut maintenant fabriquer les cartes.
- Faites découper par les enfants 24 petits cartons de la même dimension que les cases des planches. C'est un travail fastidieux, n'hésitez pas à leur venir en aide.
- Expliquez-leur que sur chaque carte, il va falloir dessiner un fruit différent. Aidez ainsi les enfants à lister 24 fruits. N'hésitez pas à glisser dans la liste quelques fruits exotiques aux noms inconnus tels que la papaye, la goyave, le pitaya, etc.
- Ensuite, dites à chaque enfant de choisir quelques fruits et de les dessiner 2 fois : sur une planche et sur une carte. Demandez-leur de dessiner de façon suffisamment réaliste pour que le fruit soit reconnu et que les 2 dessins soient similaires.
- Une fois tous les dessins terminés, le loto est prêt à être utilisé ! Les cartons sont retournés et chaque enfant pioche une carte à son tour. S'il l'a sur sa planche, il doit nommer le fruit et poser la carte à sa place. Sinon, il la remet sous la pioche.
- Le gagnant est celui qui a rempli sa planche en premier !

Le conseil

- N'hésitez pas à varier les thèmes avec par exemple un loto des jouets, des feuilles, des animaux…

78

Pédagogie Montessori

Les tracés

dès 3 ans

Le tracé est la première étape vers la reproduction et la connaissance des lettres et des chiffres. Issue de la pédagogie Montessori, cette activité permet aux enfants de prendre conscience de leurs gestes et de les améliorer pour les rendre plus précis grâce au jeu. Cette première initiation est complémentaire à l'activité des lettres rugueuses. Cet exercice facile à mettre en place permet à l'enfant de s'exercer en multipliant les essais et sans la pression d'obtenir un résultat.

Matériel

- Un plateau avec des bords suffisamment hauts
- De la farine, de la semoule ou du sable

Acquisitions

- Motricité fine
- Apprentissage des gestes d'écriture
- Connaissance des lettres et des chiffres

Déroulement de l'activité

- Versez une quantité suffisante de sable fin, de farine ou de semoule sur un plateau afin de pouvoir tracer une forme et qu'elle reste visible.
- Dans un premier temps, demandez à votre enfant de tracer ce qu'il veut du bout du doigt. Laissez-le explorer cette nouvelle sensation et éprouver le plaisir de constater qu'il peut laisser une trace dans la matière, l'effacer et recommencer. Il tracera peut-être des lignes, des ronds, des boucles, ou bien dessinera.
- Guidez-le ensuite vers des tracés plus en lien avec l'écriture des lettres ou des chiffres. Par exemple, montrez-lui un modèle de lettre et demandez-lui de le reproduire.
- Observez avec lui le résultat et interrogez-le : « *Est-ce réussi ? Faut-il recommencer ?* » Rien de plus facile ! Pour faire progresser votre enfant, examinez ensemble les erreurs qu'il fait et laissez-le recommencer autant qu'il veut.

Le conseil

- Vous pouvez en profiter pour montrer à votre enfant que l'on trace les lettres selon un certain sens. Par exemple, pour écrire un A, on part d'en haut, on descend en biais vers la gauche, puis on lève son doigt et on revient au point de départ pour descendre en biais vers la droite. Enfin, on lève encore le doigt et on place la petite barre transversale. Cet apprentissage est important dès les premiers tracés de lettres.

79 Pédagogie Decroly

Mesurer la force et la direction du vent

dès 5 ans

Mesurer la force et la direction du vent grâce à une manche à air est une activité d'initiation à la géographie et aux sciences. Sa fabrication et son utilisation sont un moyen aisé pour les enfants de visualiser la force et la direction des vents. Il s'agit d'une expérimentation et d'une manipulation que l'on retrouve dans la plupart des pédagogies alternatives et en particulier dans la pédagogie Decroly.

Matériel

- Un manche à balai
- Un t-shirt à manches longues
- Du ruban adhésif
- Une paire de ciseaux

Acquisitions

- Initiation à la géographie et à la climatologie
- Observation

Déroulement de l'activité

- Commencez par donner à votre enfant un vieux t-shirt à manches longues et dites-lui de découper une manche. Plus la manche est ample, plus le vent pourra s'y engouffrer.
- Fixez ensuite la manche de t-shirt à une extrémité du manche à balai à l'aide de l'adhésif. Votre manche à air est prête ! Installez-la dans un endroit où l'air circule bien.
- Observez ensemble ses mouvements et expliquez à votre enfant que vous obtenez ainsi la direction du vent. Expliquez-lui aussi que plus le vent est fort, plus la manche à air se gonfle à l'horizontale.
- Cette première initiation permet de mettre en évidence la présence du vent et ses mouvements dans des directions précises. Si votre enfant se montre intéressé, vous pourrez lui montrer que, sous d'autres latitudes, la force des vents peut provoquer des tempêtes, des ouragans ou des tsunamis.

Le conseil

- Cette activité est aussi réalisable avec une bannière ou une girouette. C'est le principe du moulin.

80

Pédagogie *Forest schools*

La marche active

dès 5 ans

Les pédagogies alternatives attachent une grande importance au développement de l'enfant de façon globale, c'est-à-dire en prenant en compte l'intellect mais aussi le développement manuel et corporel. La marche active, pratiquée par la pédagogie des *Forest schools*, permet de mieux comprendre son corps, son fonctionnement et surtout sa respiration. Prendre soin de lui et l'écouter favorise une croissance harmonieuse. Avec la marche active, parfois nommée marche afghane, votre enfant utilise son souffle pour être mieux dans son corps et son esprit.

Matériel

- De bonnes chaussures de sport, confortables pour la marche

Acquisitions

- Connaissance de son corps
- Travail sur la respiration
- Bien-être
- Endurance

Déroulement de l'activité

- Profitez d'une promenade en forêt pour initier cette activité. Son objectif est de prendre conscience de sa respiration, de son rôle dans la motricité et d'apprendre à coordonner sa respiration au rythme de ses pas.
- La marche active est un sport complet accessible à tous qui travaille le souffle et l'endurance. Pour le jeune enfant, c'est aussi un travail de patience et de rigueur car il aura tendance à vouloir aller trop vite. La séance ne doit pas dépasser 30 minutes au début.
- Commencez par marcher tranquillement avec votre enfant et demandez-lui comment il se sent : « *Tu mets naturellement un pied devant l'autre, mais regarde comment ton corps bouge. Que font tes bras ? Est-ce différent si tes bras suivent le mouvement ? Est-ce plus facile ? Plus rapide ?* »
- Lorsque vous sentez que la promenade prend « sa vitesse de croisière » et que le corps est échauffé, vous pouvez commencer l'activité.

- Tout d'abord, invitez votre enfant à prendre conscience de sa respiration : « *Sens-tu que tu expires et que tu inspires ? Sens l'air frais entrer et observe ton souffle.* » Demandez à votre enfant d'inspirer par le nez et de souffler par la bouche calmement, sans forcer.
- C'est alors l'occasion de trouver un rythme confortable qui lie le souffle à la vitesse de marche. Demandez à votre enfant de rythmer sa respiration : « Essaie d'inspirer en marchant 3 pas, puis maintiens tes poumons pleins le 4e pas, et expire sur les 3 prochains pas. Maintiens tes poumons vides sur un dernier pas. »
- Vous pouvez proposer à votre enfant d'accentuer l'exercice en comptant dans sa tête : « *J'inspire, 1, 2, 3, et 1 poumons pleins, puis j'expire, 1, 2, 3 et 1 poumons vides, et je recommence.* »
- Que se passe-t-il ? Très vite votre enfant prendra conscience que sa vitesse est stable mais aussi plus rythmée et plus active. C'est le rythme d'une randonnée pédestre sportive.

Le conseil

- Grâce à ce rythme, l'oxygénation est optimale et la marche devient aisée et très efficace sur des distances plus longues. Les bras viennent naturellement en appui aider le buste. Bref, votre enfant devient une vraie locomotive que rien n'arrêtera. À part la faim, peut-être !

81

Pédagogie Freinet

Lire des imagiers

dès 3 ans

Lire participe activement à la construction de l'enfant. La lecture n'est pas seulement une ouverture vers l'imaginaire, cela stimule aussi les émotions, la connaissance de soi, des autres et du monde. L'imagier permet aux plus jeunes de découvrir l'objet livre, de le tenir en main, de tourner ses pages, de revenir en arrière et de prendre le temps d'observer à son rythme. Les illustrations simples et réalistes de l'imagier rassurent l'enfant et lui font découvrir son environnement. Cette activité ouvrira un dialogue entre vous et votre enfant, ce qui lui permettra d'enrichir son vocabulaire et sa curiosité.

Matériel

- Plusieurs imagiers sur les animaux, les objets du quotidien, les véhicules, etc.

Acquisitions

- Observation
- Sensibilisation à l'écrit
- Motricité fine
- Imagination
- Autonomie

Déroulement de l'activité

- La lecture est et doit rester un plaisir : il convient ainsi de trouver un environnement propice au calme et confortable. Qu'il s'agisse d'un coin dédié à la lecture dans sa chambre ou d'un espace dans la maison, il est important que votre enfant trouve un espace qui lui convient et où il peut revenir lorsqu'il en a envie.
- Lire peut devenir un rituel incontournable. Avec vous, pendant la lecture du soir, mais aussi seul, avec un imagier, après le petit-déjeuner, lorsqu'il n'y a pas classe ou avant la sieste.
- Choisissez un imagier sur un thème que votre enfant apprécie. Pour la première étape, un dialogue avec vous est nécessaire. Montrez-lui l'imagier et laissez-le le découvrir. Puis posez-lui quelques questions : « *À ton avis de quoi parle ce livre ? Veux-tu que nous le regardions ensemble ?* »

- Ce dialogue doit permettre à votre enfant de découvrir les images du livre mais aussi de vous poser des questions. L'intérêt de l'imagier est d'associer clairement le sujet et son nom. Les plus jeunes adorent répéter (ou vous faire répéter !) inlassablement les mots illustrés. Ils s'assurent ainsi qu'ils maîtrisent bien le mot, que celui-ci ne varie pas. Ils sont satisfaits de posséder cette connaissance et que vous la validiez.
- Si l'imagier est sur les animaux de la ferme, votre enfant pourra peut-être se souvenir d'avoir déjà vu certains animaux. Il pourra aussi avoir besoin d'éclaircissements. N'hésitez pas non plus à lui poser des questions pour préciser certains points : « *Vois-tu où habitent les vaches ? Comment s'appelle le petit du cheval et de la jument ?* »
- Votre enfant va ainsi s'approprier l'imagier et pourra le reprendre plus tard, le regarder autrement. Soyez à l'écoute mais laissez-le explorer le livre seul. S'il a besoin de vous demander quelque chose, il le fera.
- Peut-être qu'il s'attardera sur une image, retournera en arrière, reviendra à ses images favorites régulièrement… L'objectif est que votre enfant s'approprie l'imagier afin que celui-ci devienne son compagnon de route.

Le conseil

- Proposez plusieurs imagiers à votre enfant afin de lui laisser le choix. Parfois il en privilégiera un, mais il pourra aussi en changer régulièrement et développer ainsi sa curiosité.

82 Pédagogie Montessori

Géoplan

dès 5 ans

Le « geoboard » ou « géoplan » est un outil pour comprendre la représentation dans l'espace grâce à l'expérimentation et à la manipulation. À la fois mathématique et géographique, cette activité vise à articuler les apprentissages écrits, les formes graphiques et mathématiques. Présente dans la pédagogie Montessori, l'utilisation du géoplan est un levier ludique pour aborder les lettres, les chiffres, les distances, les formes géométriques mais aussi les couleurs et la symétrie. Ce jeu est à construire soi-même pour encore mieux l'apprécier.

Matériel

- Une planche de bois de 30 x 30 cm
- 49 clous de 3 cm
- Un marteau
- Un mètre à ruban
- Un crayon à papier
- Des élastiques de couleur

Acquisitions

- Représentation dans l'espace
- Motricité fine
- Manipulation
- Apprentissage des formes géométriques

★ Déroulement de l'activité

- Pour fabriquer le géoplan, aidez votre enfant à quadriller la planche tous les 4 cm (en commençant à 3 cm du bord) et à planter les clous aux intersections. Vous obtenez ainsi un géoplan de 7 par 7, avec 49 clous !
- Donnez ensuite les élastiques de couleur à votre enfant. Expliquez-lui qu'en les tendant entre les clous, il peut créer des formes. À partir de là, de multiples activités sont possibles. Prenons ici l'exemple des formes géométriques, puis de l'alphabet.
- Pour un géoplan des formes géométriques, commencez par demander à votre enfant de former un triangle avec les élastiques de couleur. Il peut facilement s'exercer et vous pouvez immédiatement vérifier. Toutes les formes sont aisées à réaliser et sont géométriquement parfaites. Votre enfant peut alors recommencer autant qu'il veut. Cela facilitera ensuite le passage à la représentation sur papier.
- Le géoplan permet également de reproduire des lettres majuscules pour s'approprier leurs formes. Là encore, les lettres en capitales d'imprimerie seront parfaites (il faut utiliser un élastique pour un trait) et l'exercice pourra être refait avec facilité.

Le conseil

- Le géoplan offre la possibilité d'imaginer des figures et des formes. Avec les élastiques de couleur, votre enfant pourra l'utiliser pour découvrir de nouvelles figures et dessiner en 3 dimensions.

83

Pédagogie Mason

Le livre des siècles

dès 6 ans

Issu de la pédagogie de Charlotte Mason, le livre des siècles est un bon moyen de comprendre les repères chronologiques et le sens des événements dans un contexte particulier. Le livre des siècles se construit comme un portfolio mêlant l'Histoire et les centres d'intérêt de votre enfant. Il ne s'agit pas d'une frise chronologique abstraite mais bien de la constitution d'une grille de lecture historique pensée par et pour votre enfant.

Matériel

- Un classeur format A4
- Des feuillets perforés blancs
- Des feuillets perforés quadrillés

Acquisitions

- Découverte du monde et de l'Histoire
- Repères chronologiques
- Contextualisation des événements historiques

★ Déroulement de l'activité

- L'objectif est de fabriquer un livre des siècles à partir des intérêts de votre enfant. Préparez ensemble le classeur en alternant une page blanche dédiée aux dessins, croquis et cartes, et une page quadrillée réservée aux commentaires et descriptifs écrits. Le classeur permet ainsi l'ajout de pages selon la période historique.
- Expliquez à votre enfant que l'important n'est pas de créer une frise chronologique suivie mais plutôt de noter ses réflexions sur des thèmes qui seront à placer dans la ligne du temps.
- Progressivement, le livre va s'enrichir et se structurer : Antiquité, Moyen Âge, Temps modernes et période contemporaine. Cette division est classique mais artificielle et tout l'objectif du livre est de partir des préoccupations de votre enfant.
- Peut-être que l'Antiquité va le fasciner, puis qu'il va se passionner pour les explorations du XVIe siècle ou la vie de ses grands-parents au XXe siècle.
- Ainsi, demandez-lui à chaque fois d'utiliser la page blanche pour écrire le thème qui l'intéresse et pour coller une image, faire un croquis ou un dessin puis d'utiliser la page quadrillée pour écrire une courte description. Chaque double page est donc dédiée à un thème, avec un titre et une date.
- Par exemple une double page sur les Gaulois pourra contenir une courte description écrite sur Vercingétorix et un dessin ou une image des costumes de l'époque.

Le conseil

- La Préhistoire est une période qui fascine les plus jeunes enfants, et consulter des livres sur la Préhistoire pour élaborer ensuite leur propre livre les passionnera.

84

Pédagogie Decroly

Les mesures naturelles

dès 4 ans

Dans la pédagogie Decroly, la mesure est indissociable de l'activité d'observation. Cette activité articule ces deux notions et permet aux enfants de peser et mesurer avec les mesures naturelles de leur corps comme leurs pieds, leurs mains ou leurs bras. Les enfants prennent ainsi concrètement conscience d'un ordre de grandeur et de mesure, et posent les prémices de l'addition, de la soustraction et des fractionnements. Viendront ensuite en temps voulu les poids et mesures conventionnelles et plus abstraites du système métrique.

Aucun matériel nécessaire

Acquisitions

- Observation
- Mesure
- Calcul

Déroulement de l'activité

- L'objectif de cette activité est d'établir un ordre de grandeur et de mesurer à partir d'éléments naturels. Commencez par demander à votre enfant ce qui selon lui peut servir à mesurer si l'on n'a pas d'outil à disposition.
- Très vite, le pied et la main (l'empan) sont susceptibles d'être cités, et il y a bien sûr aussi le pouce, le bras, l'avant-bras (la coudée)…
- Comme initiation à la mesure, demandez à votre enfant (et c'est encore mieux s'ils sont plusieurs) de mesurer avec ses pieds la taille d'une pièce ou du jardin.
- Il devra alors mettre ses pieds l'un après l'autre sur la même ligne pour donner le résultat : 12 pieds de long, par exemple, pour la largeur du couloir ! Cela donne un ordre de grandeur à l'enfant, pour lequel le système métrique est encore abstrait.
- Peut-être qu'un autre enfant trouvera un nombre approchant, mais différent. Il est intéressant alors de faire remarquer que cela dépend de la taille des pieds de chacun.
- Ensuite, demandez-lui de faire de même avec d'autres mesures naturelles comme l'empan des mains pour une petite surface, par exemple.

Le conseil

- Vous pouvez montrer l'intérêt du système métrique en centimètres et mètres en expliquant qu'il unifie les mesures quel que soit le pays du monde dans lequel on se trouve, ou presque !

85

Pédagogie Decroly

L'enquête historique

dès 6 ans

Comparer les modes de vie d'époques différentes permet de prendre conscience du temps qui passe. Cela aide les enfants à se situer dans une période et de comparer entre elles les périodes historiques, même s'il leur est parfois difficile d'imaginer comment on vivait avant eux. Les activités pratiquées par la pédagogie Decroly soulignent l'importance de la mise en perspective et de l'appréhension du temps historique. Par une enquête historique orale qui compare les modes de vie de deux époques différentes, ils prendront conscience que la société évolue, que le présent est un héritage du passé et que, grâce à cette connaissance, on peut préparer l'avenir.

Aucun matériel nécessaire

Acquisitions

- Initiation à l'Histoire
- Savoir situer des événements historiques
- Comprendre l'évolution des modes de vie

★ Déroulement de l'activité

- L'activité se centre sur la compréhension de l'évolution des modes de vie. Pour cela, commencez par demander à votre enfant lors d'une promenade en ville s'il voit dans la rue des maisons ou des bâtiments qui ne semblent pas être de la même époque.
- Il y aura peut-être des maisons anciennes, un monument aux morts, la mairie… Vous pouvez aussi montrer à votre enfant des cartes postales ou des photographies de la ville autrefois (les sites des communes en proposent).
- À partir de cette première approche, discutez ensemble de la maison dans laquelle vous habitez : est-elle ancienne ? D'autres personnes y ont-elles vécu ?
- Pour comparer deux périodes, ne cherchez pas trop loin et choisissez l'époque de vos parents. Vous avez des souvenirs, et vos enfants pourront les questionner directement lorsqu'ils les verront.
- Maintenant, réfléchissez avec votre enfant sur ce qui peut avoir changé : « *Comment s'habillaient-ils, comment vivaient-ils, quels métiers existaient ? Comment était leur école ? Quels étaient leurs jeux ? Téléphonaient-ils avec un smartphone ?* »
- Des photos, des documents ou un objet peuvent susciter ou servir de support à ces questionnements. Peut-être que vous ne pourrez pas répondre à toutes les questions, mais ce n'est pas grave. Il faudra chercher plus profondément et cette enquête sur le passé sera peut-être le début d'une autre activité de recherche.
- Les traces du passé sont multiples, il est important que votre enfant en ait conscience pour savoir d'où il vient et pourquoi il vit ici et maintenant. L'enquête historique ne porte pas sur les « grands personnages » de l'Histoire mais sur sa famille et son environnement proche. C'est une enquête concrète pour mieux se connaître. »

Le conseil

- Cette activité pourra amener votre enfant à poser des questions aux différents membres de la famille qui, de générations différentes, sont les témoins d'une autre époque !

86

Pédagogie Freinet

Écrire une histoire

dès 6 ans

Les contes et albums de jeunesse sont des sources extraordinaires d'histoires et de scénarios avec des personnages récurrents et des structures narratives le plus souvent chronologiques qui permettent une mémorisation aisée. Pourquoi ne pas créer sa propre histoire ? Les enfants, imaginatifs par nature, se racontent déjà de très nombreuses histoires oralement. En imaginant sa propre histoire, l'enfant apprend à mieux se connaître, à associer des faits réels ou supposés et à créer son propre récit. Personnages réels ou fantastiques, lieux fictifs ou proches, le scénario sera de toute façon une aventure extraordinaire.

Aucun matériel nécessaire

Acquisitions

- Langage écrit
- Apprentissage des structures narratives
- Imagination
- Créativité

Déroulement de l'activité

- Pour aider votre enfant à devenir un scénariste en herbe, prenez le temps de sélectionner avec lui des histoires qui lui plaisent et de comprendre pourquoi.
- Demandez-lui quels personnages ou quelle époque l'intéressent. Préfère-t-il les animaux, les chevaliers, les enfants, les princes et princesses… ? Les centres d'intérêt et les sujets ne manquent pas !
- Guidez-le aussi dans le choix d'une époque, d'un lieu, et des personnages. Quelle est la situation de départ ? Que va-t-il se passer ? Comment cela peut-il se terminer ? Aidez-le à approfondir, à préciser les personnages et le récit.
- Pour les plus jeunes, une dictée à l'adulte permettra à votre enfant de raconter l'histoire afin que vous la preniez en note. Il pourra ensuite illustrer son histoire s'il le souhaite.
- En grandissant il pourra écrire cette aventure lui-même qui mêlera nécessairement réalité, fiction et légende avec un dénouement heureux ou qui ouvrira vers une autre aventure !

Le conseil

- Partez du ressenti d'une promenade dans la nature pour amorcer l'histoire, par exemple. Cela peut aussi provenir d'un dialogue avec vous.

La connaissance de soi

Rien de plus difficile que de se connaître ! Et pourtant, c'est un levier essentiel pour les apprentissages et le développement de tout individu. La confiance en soi et l'estime de soi viennent de la connaissance de ses propres qualités, mais aussi de ses ignorances, tout en étant bien sûr à l'écoute des autres avec bienveillance et empathie.

Les activités de ce chapitre proposent une connaissance intégrale de soi par le biais d'exercices de respiration du corps ou encore de connaissance de son souffle. Calme et sérénité se mêlent à une observation de soi et de son environnement et permettent une sensation de bien-être bénéfique pour la santé. Plusieurs jeux sensibilisent aussi l'enfant à la prise de conscience d'être là, bien présent, ici et maintenant.

Développer la connaissance de soi, c'est aussi comprendre d'où l'on vient. Cette histoire nourrit et construit le développement de votre enfant et lui permet de prendre conscience de qui il est. C'est sa force. Enfin, se connaître, c'est aussi connaître ses limites pour amplifier sa curiosité, sa motivation et sa soif d'agir pour soi et pour les autres.

87

Pédagogie *Forest schools*

Observer le ciel

dès 6 ans

L'observation du ciel est une première initiation ludique à l'astronomie qui passionnera peut-être votre enfant. Connaître et reconnaître les constellations, distinguer les étoiles, mais aussi identifier et nommer les différents nuages sont quelques éléments d'apprentissage concret que propose la pédagogie des *Forest schools*. Observer le ciel de jour et de nuit permet de prendre conscience de notre présence au sein d'un monde vaste et inconnu et de mettre en relation le ciel, le Soleil, la Lune ainsi qu'une multitude d'astres et d'étoiles.

Aucun matériel nécessaire

Acquisitions

- Connaissance de soi et de son environnement
- Initiation à l'astronomie
- Mise en place d'un vocabulaire approprié

Déroulement de l'activité

- Choisissez un lieu pour vous allonger et regarder le ciel tranquillement. Cela peut être sur un banc, un balcon, dans un jardin… Pour l'observation en soirée, le mieux est de choisir un espace dégagé, sans trop de lumière, à la campagne quand c'est possible.
- En journée, vous pouvez centrer votre observation sur le mouvement du Soleil (attention, ne regardez jamais le soleil directement !), la possible présence de la Lune et les transformations des nuages. La nuit, il vous sera possible d'observer les étoiles et les planètes.
- Demandez à votre enfant d'être attentif et observateur. Il peut commencer par décrire ce qu'il voit : « *Que vois-tu ? Que peux-tu repérer ? Peux-tu estimer à quelle distance se situe ce que tu vois ?* »
- L'intérêt d'une première observation de jour est de prendre conscience de tout ce qui est visible si on lève la tête et que l'on prend le temps de regarder. Il convient aussi de définir et nommer. Par exemple, interrogez votre enfant sur le nom des nuages et leurs mouvements : « *Peux-tu décrire ce nuage, quelle forme a-t-il ?* »
- Montrez à votre enfant, en dialoguant avec lui, la diversité et l'évolution du ciel : les liens entre la Terre, les planètes, et en particulier le Soleil et la Lune. Dites-lui que toutes ces relations influencent nos paysages et nos modes de vie.

Les conseils

- Des observations régulières offrent aussi la possibilité de repérer les différences entre les saisons et les liens entre le ciel et « le temps qu'il fait ».
- L'observation du ciel sera pour votre enfant l'occasion de vous poser une multitude de questions auxquelles vous ne pourrez peut-être pas répondre, mais qui ouvriront le dialogue et de nouvelles recherches.

88 Pédagogie Steiner

Earthing et reconnexion à la terre

dès 6 ans

L'objectif de cette activité est de comprendre l'importance de l'ancrage du corps avec la terre. Mettre un pied devant l'autre est une activité évidente, mais marcher peut aussi aider à prendre conscience de la mobilité de son corps. La pédagogie Steiner souligne l'importance de cette conscientisation des faits et gestes du quotidien et propose avec le *earthing* un travail sur l'équilibre. La reconnexion statique à la terre et la marche procurent une sensation de bien-être au corps et à l'esprit grâce à un travail sur la respiration.

Aucun matériel nécessaire

Acquisitions

- Connaissance de son corps
- Équilibre
- Pleine conscience

Déroulement de l'activité

- Demandez à votre enfant de se mettre pieds nus dans la maison. Dites-lui de se tenir bien droit en regardant un point à un mètre devant lui, en gardant la tête droite et les épaules relâchées, pendant quelques minutes.
- Demandez-lui si cela est habituel pour lui et s'il peut décrire l a sensation que cela lui procure. Normalement, il peut percevoir un sentiment de bien-être.
- Renouvelez ensuite l'activité en extérieur, sur l'herbe ou la terre du jardin.
- Expliquez à votre enfant que cet exercice nécessite de prendre conscience de son corps pour s'ancrer dans la terre, les deux jambes espacées de la largeur des épaules et le regard toujours bien droit afin d'apprendre à s'équilibrer.
- Demandez-lui de fermer les yeux doucement. Cela nécessite de bien sentir son corps relié à la terre. Pour aider votre enfant, dites-lui d'imaginer un fil qui partirait du sommet de son crâne pour monter jusqu'au ciel.

- Vérifiez que son corps ne soit pas rigide afin qu'il puisse chercher un calme intérieur. Lorsque cet ancrage est devenu naturel, proposez-lui de faire une marche lente et consciente en ouvrant les yeux et en regardant bien droit devant lui. Expliquez-lui que l'objectif n'est pas de marcher pour marcher mais bien de ressentir comment le corps évolue avec cette marche.

- Après cette activité, demandez à votre enfant ce qu'il en a pensé : « *As-tu aimé ce moment ? As-tu découvert comment ton corps, tes bras, tes avant-bras et tes jambes se coordonnent ?* » Autant d'éléments pour mieux l'aider à connaître son propre corps.

Le conseil

- Cette connexion à la terre est aussi un moyen de dialoguer sur la nécessité de préserver et de respecter la planète à tous les instants de la journée.

89 Pédagogie Freinet

Le « Quoi de neuf ? »

dès 4 ans

Activité caractéristique de la pédagogie Freinet, le « Quoi de neuf ? » est un moment privilégié pour que votre enfant s'exprime sur ce qu'il vit au quotidien. Elle permet de développer l'expression orale en partant de ce qui lui tient à cœur pour acquérir une meilleure connaissance de lui-même et de son environnement. C'est un moyen pour lui de faire une transition avec l'école et, pour vous, d'en savoir plus sur lui grâce au récit de sa journée.

Aucun matériel nécessaire

Acquisitions

- Connaissance de soi
- Communication
- Langage oral

Déroulement de l'activité

- Le « Quoi de neuf ? » va vous aider à faire un point avec votre enfant quand il rentre de l'école. Toutefois, il ne doit pas se transformer en interrogatoire ! Il s'agit plutôt de permettre à votre enfant de vous raconter sa journée en toute confiance.
- Ainsi, ne lui demandez pas : « *As-tu bien travaillé ?* » mais plutôt : « *Qu'as-tu fait de beau aujourd'hui ? Comment s'est passée ta journée ? Un épisode t'a-t-il marqué ?* »
- Encouragez-le à s'exprimer. Très vite, il vous racontera les petits et grands moments de sa journée avec gaîté et enthousiasme. En parlant, il se connaît mieux, et c'est aussi un moment d'écoute attentive de votre part.

Le conseil

- La transposition du « Quoi de neuf ? » dans le domaine familial offre des perspectives d'écoute de la part de chacun sur ce que vivent les autres membres de la famille. C'est l'occasion pour vous aussi de raconter votre journée afin que votre enfant vous connaisse autrement et comprenne mieux vos comportements, envies et intérêts.

90 **Pédagogie Steiner**

Réaliser un mandala

dès **6** ans

Le mandala est une activité artistique et manuelle présente dans plusieurs pédagogies alternatives, comme la pédagogie Steiner ou les Écoles démocratiques. Utile pour se détendre et détacher son esprit, le mandala favorise la connaissance de soi et l'épanouissement de la personnalité. Ces formes circulaires, créées seul ou à plusieurs, permettent de prendre conscience de son geste et de mettre en cohérence le corps et l'esprit.

Matériel

- Une feuille format A4
- Des crayons de couleur
- Un crayon à papier
- Un compas

Acquisitions

- Connaissance de soi
- Concentration
- Confiance en soi

Déroulement de l'activité

- La réalisation d'un mandala développe la créativité et l'imagination mais aussi la rigueur et la concentration. Ainsi, proposez à votre enfant de s'installer dans un endroit calme et propice à la concentration.
- Donnez-lui une feuille de papier et demandez-lui de tracer des cercles de tailles différentes à l'aide de son compas : « *Trace des cercles qui s'entrecroisent. La taille des cercles peut être différente, ne cherche pas nécessairement à créer un dessin mais laisse plutôt ton envie te guider.* »
- Puis demandez à votre enfant de colorier avec attention pour remplir les formes créées par les cercles sans dépasser les lignes. Progressivement, le coloriage prend forme et devient un moment ressourçant. L'esprit fixe un objectif et la main exécute. Le mandala rend aisé la prise de conscience de ses propres gestes.
- Dites à votre enfant qu'il peut s'arrêter quand il le souhaite, car cet exercice demande une grande concentration. La prochaine fois, votre enfant pourra le reprendre et le finir… avant d'en confectionner un autre !

Le conseil

- Le mandala est un exercice de concentration mais aussi de lâcher prise. Ainsi, selon son envie, votre enfant peut créer un mandala à partir de formes différentes comme des vagues ou des volutes.

91 Pédagogie Montessori

Organiser sa chambre

dès 6 ans

Organiser sa chambre est tout aussi important que la ranger. Dans la pédagogie Montessori, le rangement, l'entretien et l'organisation de l'espace permettent de se sentir mieux et de se connaître. Le *home organizing* nécessite de prendre le temps de réfléchir à sa façon de fonctionner, à ses envies et aux besoins liés au rythme de la journée. À partir de 6 ans, votre enfant change, et c'est le moment pour repenser cette organisation.

Aucun matériel nécessaire

Acquisitions

- Connaissance de soi
- Bien-être
- Prise de distance par rapport à son rythme

Déroulement de l'activité

- Prenez le temps avec votre enfant de vous asseoir dans sa chambre et de regarder son organisation. Lui convient-elle ? Demandez-lui : « *Aimes-tu ta chambre ? Pourquoi ? Voudrais-tu changer quelque chose ? Estimes-tu qu'il y a des choses qui ne vont pas, qui ne sont pas pratiques pour toi ?* ».
- Réfléchissez à ces questions ensemble. Par exemple, s'il faut constamment ranger, c'est peut-être que les objets ou l'organisation de la chambre sont à repenser.
- Tout cela est normal. Expliquez à votre enfant qu'il évolue et grandit, que ses besoins changent, et ses intérêts et envies aussi.
- Dites-lui qu'il n'est pas seul dans la famille et qu'il doit aussi organiser cette chambre par rapport aux autres membres de la famille. La liberté des uns s'arrête là où commence celle des autres !

- Vous pouvez aussi concevoir un plan avec votre enfant. Hiérarchisez ensemble les éléments de l'espace de la chambre en lui demandant : « *Qu'est-ce qui est indispensable ? Ton lit est-il à la bonne place ? Peut-on le mettre ailleurs ? Tu as maintenant besoin d'un bureau, est-il adapté à ta taille, es-tu bien éclairé ?* »
- Souvent, ces questions ne se posent pas ou plus car l'espace de la chambre de votre enfant résulte de son histoire et d'apports d'objets nouveaux. La question du rangement par le vide se pose aussi, évidemment ! Certains objets peuvent-ils être non pas rangés, mais plutôt donnés ou changés de place ?
- Ce tri régulier et nécessaire peut aussi être entrepris dans votre propre chambre. Votre enfant comprendra alors qu'il s'agit d'une action voulue et pensée pour toute la famille.
- Une réorganisation de l'espace est censée aboutir à plus de bien-être et à une meilleure connaissance de soi. Certains changements ne seront peut-être finalement pas comme vous les avez imaginés et il faudra à nouveau effectuer des modifications pour parvenir à un résultat satisfaisant. Certains enfants ont besoin de place, d'aération et d'autres plus de micro-espaces et d'une ambiance *cocooning*.

Le conseil

- L'organisation ou la réorganisation d'une chambre ne doit pas être imposée mais pensée en commun. Chez les enfants, il existe une forte symbolique des objets et de leur place, c'est pour eux un élément rassurant. Mais les choses sont aussi faites pour évoluer et changer !

92

Pédagogie Decroly

La séance de massages

dès 5 ans

Très tôt, des médecins éducateurs comme Ovide Decroly utilisent le massage dans les apprentissages pour favoriser la connaissance du corps et le bien-être. Contact direct avec le corps, il permet une meilleure connaissance de soi, de son corps et de ses émotions. Aujourd'hui encore, ses bienfaits dans la lutte contre le stress ou l'amélioration de la souplesse peuvent relier cette activité au yoga. Seul ou à deux, ces petits exercices ludiques apportent leurs bienfaits à l'organisme et à l'esprit.

Aucun matériel nécessaire

Acquisitions

- Connaissance de soi
- Bien-être
- Réduction du stress et des tensions
- Concentration

Déroulement de l'activité

- Les pratiques de massage avec votre enfant doivent être simples. Elles peuvent se faire seul ou à plusieurs. Nous vous proposons 2 exercices faciles à mettre en place rapidement.
- Tout d'abord, demandez à votre enfant de se mettre dans une bonne position, confortable et stable : « *Peux-tu t'asseoir par terre ou sur une chaise en te tenant droit ? Trouve la position qui te plaît et qui te permettra de ne pas trop bouger. Détends-toi.* »
- Puis placez-vous (ou un autre enfant) derrière et écrivez avec votre main ou vos doigts dans le dos de votre enfant. Bien sûr, le massage doit être ferme, mais doux.
- Dites à votre enfant qu'il doit deviner le dessin ou les lettres que vous êtes en train de tracer. Cela lui demande de se concentrer sur son corps, en étant attentif à ses sensations et perceptions.
- Le second exercice, réalisable à 2 ou en automassage, est un massage du cuir chevelu. Comme si vous faisiez un shampoing fictif avec vos 2 mains, massez délicatement le crâne de votre enfant.
- Laissez-le profiter de ce moment en silence. Si cela est plaisant pour lui, prolongez la séance. Dites à votre enfant qu'il peut pratiquer ce massage en automassage en cas de tensions ou de maux de tête.

Le conseil

- Les massages sont des exercices de bien être mais aussi de connaissance du corps. Votre enfant peut par exemple pratiquer l'automassage sur ses pieds, en se frottant la voûte plantaire avec les pouces. Cela procurera des bienfaits à tout son organisme.

93 Pédagogie Montessori

Une séance de yoga

dès 5 ans

À la fois activité sportive et de relaxation, on retrouve le yoga dans la plupart des pédagogies alternatives. Dans la pédagogie Montessori, la pratique du yoga devient un outil de construction personnelle, de confiance et de meilleure connaissance de soi. Source de bienfaits personnels, le yoga est un moyen privilégié pour connaître son corps et ses capacités tout en restant dans le jeu. Maîtriser sa respiration grâce à une attention accrue portée aux mouvements de son corps devient, avec une pratique régulière, un outil de gestion des émotions et du stress pour la vie quotidienne.

Matériel

- Un espace de 3 m x 3 m
- Un tapis de sol

Acquisitions

- Connaissance de soi
- Concentration
- Relaxation

Déroulement de l'activité

- Pour commencer, partez sur une activité d'une quinzaine de minutes. C'est largement suffisant car le corps et l'esprit sont très sollicités. Progressivement, vous pourrez allonger la séance de yoga.
- Avant tout, commencez par vous échauffer. Dites à votre enfant de se tenir bien droit, les pieds ancrés dans le sol, puis demandez-lui de lever les bras joints le plus haut possible pour étirer toute la colonne vertébrale.
- Dites-lui d'inspirer en levant les bras, puis d'expirer en relâchant les bras le long du corps, une dizaine de fois.
- Pour rendre l'échauffement un peu plus dynamique, proposez à votre enfant de rester toujours bien droit, les bras souples le long du corps, en bougeant les épaules et la tête.
- Il convient ensuite de proposer à votre enfant des postures faciles et ludiques. Voici 3 postures que vous pouvez réaliser à la suite.
- La première posture, en lien avec l'échauffement, est celle du **papillon**. Demandez à votre enfant de s'asseoir et de plier les jambes en joignant les plantes de pieds, les genoux de chaque côté. Son dos doit rester bien droit et ses mains tiennent ses pieds (1). Demandez-lui de bouger ses jambes comme si c'était des ailes de papillon.

- Vient ensuite **la posture du chat**. Demandez à votre enfant de se mettre à 4 pattes comme un chat et de faire le dos rond, la tête regardant vers le sol, puis de creuser le dos en regardant le plus haut possible vers le ciel ou le plafond, sans se faire mal au cou. Tous les mouvements doivent se faire calmement, en soufflant bien et de façon lente, sans à-coup.
- Enfin, **la posture de l'arbre**. Votre enfant doit se tenir debout, les pieds plantés dans le sol. Demandez-lui de remonter son pied gauche sur le genou droit en restant toujours bien droit. Pour s'aider, dites-lui qu'il peut joindre les mains devant la poitrine 2. Cette position requiert un bon sens de l'équilibre. Elle est relaxante et il est très satisfaisant de parvenir à la maintenir. Proposez ensuite à votre enfant d'alterner avec l'autre jambe.
- En fin de séance, proposez **la posture dite « de l'enfant »** : assis à genoux sur ses talons, votre enfant pose son front au sol et étire ses bras en allant chercher loin devant lui. C'est un étirement complet qu'il est toujours agréable de maintenir.

1

2

Le conseil

- Le yoga doit être un plaisir et sa pratique régulière peut devenir un moment important pour une zenitude de tous les instants.

94 Pédagogie Écoles démocratiques

La méditation de pleine conscience

dès 6 ans

Une séance de méditation est une activité pour se concentrer et reconnaître ses émotions, écouter son corps, sa respiration et apprendre à lâcher prise. La pédagogie des Écoles démocratiques, comme d'autres pédagogies alternatives, utilise la méditation en pleine conscience pour permettre aux enfants de se recentrer et d'aborder avec calme et sérénité les différentes activités et le rythme de la journée.

Aucun matériel nécessaire

Acquisitions

- Connaissance de soi
- Bien-être
- Concentration
- Relaxation

★ Déroulement de l'activité

- Comme toutes les autres activités de cet ouvrage, il s'agit de la proposer à votre enfant et non de lui imposer. La méditation en pleine conscience est un exercice de concentration et d'attention de premier ordre lorsque l'on s'y sent prêt.
- Avec votre enfant, choisissez un lieu calme et peu bruyant où vous pouvez vous asseoir ou vous allonger : « *Veux-tu que nous nous asseyions dans le jardin, dans la forêt, dans le salon ?* » Trouvez une position confortable et proposez à votre enfant de fermer les yeux pour mieux se concentrer.
- Respirez 3 fois très profondément, puis retrouvez une respiration normale. Demandez à votre enfant de prendre conscience du bien que cette respiration lui fait : « Sens-tu ton souffle, l'air qui rentre par ton nez et qui sort par ta bouche ? »
- Aidez votre enfant à prendre conscience de son environnement, des bruits, du vent, de la caresse du soleil sur la peau : « *Qu'entends-tu ? Cela te gêne-t-il ? Peux-tu entendre les bruits tout en écoutant tes pensées ?* »
- Guidez-le en lui parlant calmement mais dites-lui de rester concentré sur sa respiration et de garder les yeux fermés pour se concentrer le plus possible sur lui.

Le conseil

- Être à l'écoute de son corps demande de la concentration et cette activité peut durer de 5 à 15 minutes. Il est préférable de refaire régulièrement cette activité plutôt que de chercher à en allonger la durée. Être à son écoute, c'est aussi ne pas se donner des contraintes artificielles de temps.

95 Pédagogie Decroly

La toise

dès 4 ans

Fabriquer et utiliser une toise est une activité importante pour les enfants. Ce rituel est un moment très attendu par l'enfant car il a la preuve qu'il grandit régulièrement. Cela lui donne confiance en lui et l'inscrit dans le cycle de la vie. La pédagogie Decroly utilise les mesures naturelles pour mieux comprendre la réalité d'une hauteur ou d'une largeur.

Matériel

- Une planche en bois d'environ 2 m x 10 cm
- Un mètre ruban
- Un crayon à papier
- Un feutre fin

Acquisitions

- Connaissance de soi
- Mesure

Déroulement de l'activité

- Demandez à votre enfant de graduer la planche à l'aide du mètre ruban et du crayon en marquant chaque centimètre, avec un trait plus long tous les 10 cm. Attention à bien partir du début de la planche qui deviendra le bas, le 0.
- Ensuite, proposez-lui d'écrire tous les 10 cm en face du trait : 10 cm, 20 cm, 30 cm, etc. Ce travail de fabrication de la toise est déjà un moyen d'aborder la notion de mesure. Demandez à votre enfant d'ouvrir sa main et demandez-lui combien de centimètres elle fait.
- Posez ensuite la planche le long d'un mur, le bas bien au niveau du sol. Tenez la toise bien droite et demandez à votre enfant de se mettre pieds nus contre celle-ci. Notez sa taille d'un trait de feutre et lisez ensemble le nombre de centimètres atteints.
- Si votre enfant mesure plus d'1 m, c'est l'occasion de parler de conversion des unités de mesure : 1 m = 100 cm.
- Vous verrez que la toise deviendra rapidement un rituel régulier réclamé par votre enfant.

Le conseil

- La toise n'est pas un outil de comparaison, même si vous avez plusieurs enfants. On grandit à son rythme et il n'y a pas de bonne ou de mauvaise croissance. Dites à votre enfant que la toise permet de mesurer la taille, qui est un élément de la croissance parmi d'autres.

96 Pédagogie Freinet

Le journal intime

dès 6 ans

Écrire un journal intime est un exercice d'écriture classique qui permet à votre enfant de mieux se connaître, d'exprimer ses émotions et de développer sa créativité. La pédagogie Freinet insiste sur l'importance de l'expression orale et de l'expression écrite qui permettent de communiquer avec les autres. Le journal intime est une correspondance avec soi-même, en toute confiance, qui permet de se sentir mieux avec les autres par la suite.

Matériel

- Un beau carnet
- Un stylo

Acquisitions

- Connaissance de soi
- Expression écrite
- Créativité

Déroulement de l'activité

- Offrez un beau carnet à votre enfant pour qu'il devienne son compagnon d'écriture. Précisez-lui les intentions de ce journal intime : « *C'est un cadeau pour toi. Ce carnet, personne ne le lira : il est à toi et tu peux y écrire tes pensées et tes envies.* »
- Vous pouvez proposer à votre enfant de prendre un temps quotidien pour écrire dedans, comme après le bain, avant de dîner ou après le goûter par exemple.
- Dites-lui que ce moment de calme va lui permettre d'exprimer les souvenirs de sa journée, les moments forts, les contrariétés, les moments de joie et de plaisir.
- Précisez bien qu'il ne s'agit pas forcément d'écrire des choses « exceptionnelles » mais plutôt ses sentiments sur sa journée et ce qu'il a envie de garder secret.
- Ce carnet marque son entrée dans l'écriture. Si vous voyez que cela est trop difficile pour lui, dites-lui que le journal intime peut aussi être un journal de dessin ou de graffitis et que le plus important est qu'il puisse s'exprimer à sa guise.

Les conseils

- Les journaux intimes doivent rester la propriété de votre enfant et à l'abri des regards extérieurs.
- Carnet après carnet, cela permettra à votre enfant de se remémorer les moments vécus.

97 Pédagogie Freinet

Élaborer son arbre généalogique

dès 6 ans

L'arbre généalogique permet de répondre à une question souvent posée par les enfants : « Qui étaient mes ancêtres ? » La pédagogie Freinet propose la construction active d'un arbre généalogique grâce à une initiation à la recherche. À la maison, cette activité vous permet de parler de votre famille et de répondre aux questions que se pose votre enfant. Ce dialogue est une manière de lui donner confiance, grâce à une connaissance de sa propre histoire familiale.

Matériel

- Une feuille format A3
- Des crayons de couleur
- Une règle

Acquisitions

- Concentration
- Initiation à l'Histoire et à la recherche
- Connaissance de soi

Déroulement de l'activité

- Cette activité prend tout son sens si elle vient à la suite de questionnements spontanés de la part de votre enfant. Vous pouvez toutefois aussi la proposer pour susciter ces questionnements.
- Expliquez à votre enfant qu'il existe un moyen simple de représenter sa famille et ses ancêtres : l'arbre généalogique, qui montre les liens entre les différents membres d'une même famille.
- Dites-lui que ce travail est possible grâce à votre mémoire, à celle de ses grands-parents, voire de ses arrière-grands-parents.
- Cet arbre sera celui de votre enfant. Demandez-lui de dessiner un tronc tout en bas de la feuille et d'écrire son nom et son prénom au centre de ce tronc.
- Posez-lui ensuite des questions : « *Qui connais-tu dans notre famille ? Sais-tu comment s'appellent tes grands-parents ? Tes oncles et tantes, tes cousins ?* »
- À partir des réponses à ces questions, montrez-lui comment dessiner les branches. L'arbre se construit par étage : celui à son niveau pour ses possibles frères et sœurs puis, au-dessus, ses parents, oncles et tantes, puis ses grands-parents, etc. Vous serez ainsi la source de ses recherches, et l'arbre en sera le résultat.
- Proposez-lui de compléter l'arbre avec les dates de naissance et de mort de ses ascendants, mais aussi en collant une photographie ou en dessinant les membres de la famille à partir de photos existantes ou de vos souvenirs.
- Cet exercice de recherche historique est aussi un moment riche en émotions avec la réminiscence de souvenirs personnels. N'hésitez pas à partager ce moment avec les grands-parents qui auront eux aussi certainement des anecdotes à raconter.

Le conseil

- Vous pouvez aussi élaborer un arbre généalogique descendant, plus logique, avec un tronc pour les ancêtres et les branches les plus fines pour les enfants. Il convient dans ce cas de préparer avec votre enfant la liste des membres présents dans l'arbre car sinon, cela sera vite illisible.

98 Pédagogie Montessori

Collections et collectionner

dès 4 ans

L'envie de garder et rassembler des objets singuliers fait partie du développement de l'enfant. Les collections sont des activités essentielles des pédagogies Decroly et Montessori car elles permettent d'assouvir les besoins de classer et d'ordonner présents chez les enfants. Souvenirs d'une promenade, fruits de recherches personnelles ou encore simple envie, les collections sont des outils pour mieux comprendre le passé, la mémoire et éveillent les émotions et les sens. En devenant collectionneurs, les enfants créent leurs propres univers.

Aucun matériel nécessaire

Acquisitions

- Connaissance de soi
- Classement
- Initiation à la recherche

Déroulement de l'activité

- Commencer une collection est facile. Votre enfant a déjà dû vous rapporter des objets qu'il apprécie, des petits trésors. La question est surtout de choisir une collection pas trop encombrante ! Ces premiers choix sont un moyen de connaître ses envies, ses centres d'intérêt et votre enfant saura vous dire ce qui lui plaît !
- La nature offre l'opportunité d'une multitude de collections grâce à ses espaces boisés, ses montagnes ou bien ses bords de mer. Activité ludique et familiale, la collecte en nature est toujours un moment joyeux. Votre enfant peut aussi préférer une collection plus classique d'images ou de timbres.
- Collectionner, c'est aussi répondre à un désir rassurant d'ordonner, de classer. L'attention et la concentration de votre enfant sont sollicitées car une collection nécessite du soin et des choix.
- Cette connaissance de soi et cette exploration des intérêts personnels sont des motivations majeures pour votre enfant. Demandez-lui alors quel est pour lui le sens de cette collection : « *Pourquoi avoir choisi des coquillages ? Des pierres ? Des boutons ?* »

- La collection implique de faire des choix, du tri et des classements. Aidez-le dans ces choix : « *Pourquoi cet objet fait-il ou non partie de la collection ? Comment reconnaître certains objets, et comment les classer par ordre de découverte ou par taille ?* »
- La réponse importe moins que le fait de réfléchir aux choix. Une telle question ouvre des perspectives et permet une collection toujours vivante, jamais complète et qui peut même être poursuivie adulte.

Les conseils

- La collection choisie va conduire votre enfant vers d'autres objets, d'autres collections, mais surtout vers une meilleure connaissance de soi.
- Pensez à mettre en valeur les collections de votre enfant : un joli bocal en verre, une vitrine…

99 Pédagogie Freinet

Raconte-moi une histoire

dès 3 ans

Raconter des histoires à son enfant est un moment privilégié de communication, d'écoute et d'échange dont il a besoin. Avant de s'endormir ou au cours de la journée, lire et écouter une histoire vous rapproche l'un de l'autre et vous aide à mieux vous connaître mutuellement. Grâce au récit, vous pouvez aborder différents thèmes de la vie quotidienne et votre enfant peut exprimer ses idées et ses émotions.

Matériel

- Un album jeunesse en lien avec les intérêts de votre enfant

Acquisitions

- Connaissance de soi
- Expression des émotions
- Communication
- Développement du vocabulaire

Déroulement de l'activité

- Choisissez une histoire à raconter à votre enfant que vous pourrez « théâtraliser ». L'objectif est que vous puissiez surjouer les émotions du récit en mettant le ton : tel personnage est triste, un autre joyeux et gai… En jouant sur les expressions orales et gestuelles, vous constaterez que votre enfant « vit » l'histoire avec vous.
- Au cours du récit, demandez-lui régulièrement son avis : « *Que ressens-tu ? Que t'inspirent ce personnage et cette situation ? Que penses-tu qu'il va arriver ? Qu'aimerais-tu qu'il arrive ?* »
- À partir de ces questions, votre enfant exprimera ses émotions, ses sentiments vis-à-vis des situations et des personnages. Il intégrera aussi qu'il ne faut pas juger trop vite mais plutôt essayer de comprendre les personnes et les situations. C'est une initiation à l'esprit critique.

Le conseil

- En racontant une histoire, vous proposez à votre enfant un moyen de mieux se connaître et d'approfondir vos liens de confiance. Vous lui offrez aussi une chance d'ouvrir son esprit au monde.

100 **Pédagogie Écoles démocratiques**

Le jeu de mime

dès **5** ans

Exprimer ses sentiments par les gestes est une activité qui aide à se découvrir. Les pédagogies alternatives privilégient les activités d'expression corporelle comme le théâtre. Les Écoles démocratiques prônent la liberté d'expression chez les enfants. Le jeu de mime vise à apprendre à mieux se connaître de façon ludique, à repérer ses facilités et ses affinités avec les différentes expressions corporelles.

Pour 2 personnes et plus

Matériel

- Une dizaine de fiches cartonnées
- Un stylo

Acquisitions

- Connaissance de soi
- Expression corporelle
- Concentration
- Estime de soi

Préparation de l'activité

- Notez sur chaque fiche un mot ou une phrase que votre enfant devra mimer. Cela peut être une action, une situation, un personnage. Par exemple, vous pouvez noter : un enfant qui marche, un chien qui se promène, un joueur de tennis, un basketteur, un joueur de guitare, etc.

Déroulement de l'activité

- Montrez à un enfant ce qui est écrit sur la fiche sans que les autres voient.
- L'enfant doit mimer la scène à sa façon pour que les autres devinent le plus rapidement possible.
- Expliquez aux enfants qu'il faudra certainement « surjouer » pour être compris.
- Petit à petit, vous verrez les enfants prendre goût à être sur le devant de la scène pour mimer des sentiments et des situations.
- Cette activité, loin de n'être qu'un simple jeu, développe l'humour, le sérieux, la minutie et l'empathie.

Le conseil

- Le mime est un langage universel qui permet à votre enfant d'utiliser son corps pour exprimer une grande variété d'émotions. Il peut alors être compris, mais aussi modifier ses propres représentations des autres et de lui-même.

Table des matières

Dans la même collection

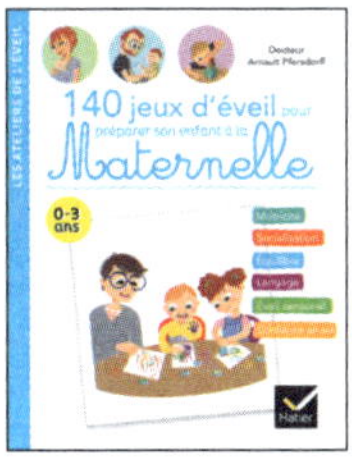

Retrouvez également

Pour plus de conseils et d'astuces, rendez-vous sur :

Parentips

Développement de l'enfant, scolarité, vie quotidienne ou activités ;
retrouvez de nombreux contenus d'experts pour les enfants de 0 à 14 ans.
www.parentips.fr

ISBN : 978-2-401-07638-9

Achevé d'imprimer par l'Imprimerie de Champagne à Langres - France
Dépôt légal : 07638-9/01 – juillet 2021

IMPRIM'VERT 2016

PAPIER À BASE DE FIBRES CERTIFIÉES

Hatier s'engage pour l'environnement en réduisant l'empreinte carbone de ses livres. Celle de cet exemplaire est de : 1.1 kg éq. CO_2 Rendez-vous sur www.hatier-durable.fr